전율의 마술사와 다섯 제왕수

Senritsu no
Majutsushi to Goteiju

토츠 아키타
일러스트레이터 시라코미소

라나 디르크
마술사(?)
페이의 보호자.
천진난만한 성격의 소유자로
보넷 가문과는 깊은 사연이
있어 보이는데……?

게이슨 다우너
마술사
페이의 반 친구.
싹싹한 성격이지만
여자애를 밝히는 게 옥에 티

아이리스 메리
마술사
페이의 반 친구.
기가 세고 활발한 여자애.
게이슨과는 견원지간

멜리아 파미스
마술사
페이의 소꿉친구로
페이를 사모하고 있다.
마력은 약하지만 노력하는 타입

페이 보넷
마술사(?)
'전율의 마술사'라
불리는 신동.
마술사로서
정령 학교에 입학했다

레일라 맬릿
정령술사
정령 학교의
학생회장

느끼게 해주마! 네놈에게 보여주마. 그리고 뼈저리게 마술사는 결코 정령술사를 이길 수 없음을!!

에리스 보넷
정령술사
보넷 가문의 차녀. 브람의
쌍둥이 여동생. 내성적인 성격이지만,
마법 실력은 브람과 동등한 수준

세실리아 보넷
정령술사
보넷 가문의 장녀.
페이의 누나.
부학생회장을
맡고 있는 우등생

브람 보넷
정령술사
보넷 가문의 (현)장남.
페이의 남동생.
오만불손한 성격이지만
마법 실력은 일류

Senritsu no Majutsushi to Goteiju

전율의 마술사와 다섯 제왕수

토츠 아키타
Akita Tatsu

illustration
시라코미소

전율의 마술사와 다섯 제왕수

CONTENTS

Senritsu no
Majutsushi to Goteiju

일러스트
시라코미소

프롤로그

지금 이 땅은 전장으로 변해 있었다.

얼마 전만 해도 이 땅은 풀과 꽃이 무성하게 우거진 한적하고 평온한 곳이었다.

하지만 현재 그 풀과 꽃은 짓밟히고, 흐르는 피로 붉게 물들어 있었다.

노성이 오가고 치열한 접전을 벌이는 소리가 곳곳에서 터져 나왔다. 이 땅을 한마디로 표현하자면 그야말로 아비규환이었다.

이 광대한 땅에서 두 세력이 싸우고 있었다.

한쪽은 인류였다. 병사는 갑옷을, 마술사와 정령술사는 로브를 두르고서 그 땅에 서 있었다.

그들이 사는 나라는 제각각이었다.

그들이 소지한 검 등에는 몇 개나 되는 국기가 새겨져 있었다.

그들로 말할 것 같으면 인류의 전력을 한데 모은 집합체였다.

그들에게 국가는 상관없었다. 그들은 자신의 소중한 사람들을 위해 이 땅에서 싸웠다.

그리고 그런 인류를 상대하는 또 하나의 세력이 있었다.

그것은 딱 봐도 형체가 이질적인 존재였다.

그저 사람이 아니라는 사실만을 알 수 있었다.

마물 또는 마인으로 불리는 그것들을 통틀어서 마족으로 호칭한다.

마족은 지금으로부터 35년 전, 성력(聖歷) 900년에 인류 앞에 그 모습을 드러냈다.

그들은 세계의 동쪽 끝 대륙, 인류의 발길이 채 닿지 않은 땅인 암흑 대륙에서 갑작스럽게 나타났다.

마족은 마족 중에서도 강력한 힘을 지닌 남자인 마왕의 지휘를 받아 암흑 대륙과 인접한 인류의 대륙에 상륙했다. 그리고 그 대륙의 동쪽을 침략해 주변 나라들을 유린했다.

인류는 그 침략에 속수무책으로 당하기만 했다.

마족이 지닌 특이한 힘 때문에 패배할 수밖에 없었던 것이다.

어떤 자는 불을, 어떤 자는 물을, 어떤 자는 바람을, 어떤 자는 흙을, 어떤 자는 번개를, 어떤 자는 어둠을 허공에서 자아내는 그 힘에 말이다.

인류는 훗날 그 해를 '평온의 소실'이라 부르게 되었다.

"【플레임 랜스】!"

마술사 중에서도 비교적 전위에 선 로브 차림의 남자가 접근해 오는 마족을 향해 내쏜 건 불의 중급 마법 【플레임 랜스】였다.

'평온의 소실'로부터 20년 뒤, 세계 각지의 연구자들은 마족이 지닌 특이한 힘을 연구하고 해명하였고, 그 결과 어떤 힘을 발견하였다.

──마법.

인류는 그 힘을 그렇게 불렀다.

마족처럼 허공에서 에너지를 만들어 내는 그 힘은, 세계의 3분의 2 가량을 빼앗기고 마족에게 당하기만 했던 인류에 희망이 되었다.

마법을 다루는 그들 『마술사』는 말 그대로 인류가 가진 희망의 상징이 되었다.

"그가아아아아!!"

남자가 마법을 쏘자 인류 진영으로 돌진한 마족이 물을 생성했다. 그러자 남자가 날린 불의 창이 꺼지며 상쇄……되지 않았다. 마족이 만든 물은 사라지지 않고 남자가 있던 근처의 땅을 파냈다.

그렇다. 인류에게 마법이란 그저 연명 치료에 불과했다.

인류는 마족에 대항할 수단을 가까스로 얻었다. 하지만 그게 다였다.

빼앗긴 영토를 되찾기에는 부족했다.

얼마 남지 않은 영토에 사는 인류는 빼앗긴 영토를 되찾고자 새로운 힘을 갈구하기 시작했다.

인류의 독자적인 힘, 마족의 힘을 능가할 수 있는 힘을 말이다.

그중에서 인류는 '자연 현상'에 주목했다.

인간은 마법을 발견함으로써 비를 내리게 하거나 바람을 일으킬 수 있게 되었다.

그리고 자연계에서는 그것과 같은 일이 자연스럽게 일어나고 있었다.

그렇다면 마법처럼, 이러한 자연 현상 또한 누군가의 개입으로 일어나는 게 아닐까. 연구자들은 그렇게 생각했다.

그 생각이 올바른 것임은 곧바로 증명되었다.

성력 935년, 인류는 마침내 『정령』을 발견했다.

그들과 계약함으로써 행사할 수 있는 『정령 마법』의 위력은 인간이 행사하는 『마법』을 아득히 능가했다.

"【플레임 애로】!"

한 술사가 마법명을 읊는 『명창(名唱)』을 행했다.

행사한 건 불의 중급 정령 마법 【플레임 애로】였다.

불의 화살…… 이 정령 마법은 그렇게 불렸다.

분명 그 형상은 화살 그 자체였다.

하지만 마법의 이름에서 느껴지는 인상과는 달리 그 위력은 결코 얕볼 수 없는 수준이었다.

"끄아아아! 끄가아……."

불의 화살이 날아가자 아까 【플레임 랜스】를 없앤 마족은 물의 벽을 전개했다. 하지만 그것은 순식간에 증발하였고, 그 마족은 플레임 애로에 직격당해 절명했다.

정령술사가 있는 전선에서는 인류가 우위를 점했고, 없는 전선에서는 열세에 몰렸다.

한동안 밀고 밀리는 싸움이 이어졌다.

인류 진영과 마족 진영 양측에서 희생자가 수없이 나오기 시작했을 무렵, 전장의 한 부분이 무너지기 시작했다.

우세한 쪽은 인류였고, 열세인 쪽은 마족이었다.

모든 전장에서 양측이 팽팽하게 맞선 가운데, 이 한 부분에서만 인류가 압도적인 우위를 점했다.

그 차이는 전장에 선 다섯 여성으로부터 비롯되었다.

여유라고는 눈곱만큼도 찾아 볼 수 없는 이 땅에서 그 주위에 있는 사람들만이 안도하는 표정을 짓고 있었다.

그도 그럴 것이다. 이 다섯 여성은 인간이 아니니까 말이다.

——다섯 제왕수.

정령에는 급이 존재한다.

다섯 제왕수란 불, 물, 땅, 바람, 번개, 빛, 어둠의 각 속성에 하나씩만 존재하는 제왕급 정령…… 그중에서도 불, 물, 바람, 땅, 번개 속성을 가진 정령을 일컫는다.

왜 제왕의 칭호 뒤에 '짐승 수(獸)'를 붙이는가.

그 이유 중 하나는 그들이 발견되었을 당시, 인간의 모습이 아닌 짐승의 모습을 취하고 있었기 때문이다.

지금의 계약자와 계약한 뒤로는 지금처럼 인간의 모습을 취하게 되었지만 말이다.

그리고 또 다른 이유는 주인인 자신의 계약자를 짐승처럼 사랑하기 때문이다.

하지만 사랑이라고는 해도 그것이 연애의 부류에 속하는 것은 아니었다.

아니, 어쩌면 속했을지도 모른다. 하지만 다른 사람이 그것을 알 도리는 없다.

어쨌거나 모든 다섯 제왕수는 주인을 짐승처럼 따랐다.

그들에게는 주인이 지어 준 이름이 있기에 다섯 제왕수라 불리는 걸 싫어하지만 말이다.

그 다섯 제왕수를 한마디로 말하자면 무적이었다. 그 사실이 지금 이 전장에서 여실히 드러났다.

다섯 제왕수 중에서 유독 체구가 작은 소녀가 오른팔을 마족들에게 뻗었다.

지금부터 이루어지는 일은, 비유하자면 신의 심판이었다.

세계가—— 얼어붙었다.

소녀를 제압하려던 자도, 그 뒤에서 소녀를 향해 날아가는 불덩어리도, 소녀가 팔을 치켜들자 모조리 다 얼어붙었다.

다른 여성들도 그 광경을 보더니 저마다 마법을 행사했다.

모든 것이 타오르고, 모든 것이 얼어붙고, 모든 것이 날아가고, 모든 것이 번개에 꿰뚫리고, 모든 것이 흙으로 돌아갔다.

이건 학살이었다. 하지만 그들은 어디까지나 주인을 향한 위협을 제거했을 뿐이었다.

결코 주위에 있는 사람들을 위한 게 아니었다.

그럼에도 그 주위에 있는 자들은 구원받았다.

이를 계기로 마족은 전장의 각 전선에서 밀리기 시작하였고, 끝내 대부분이 암흑 대륙으로 내쫓기는 신세가 되었다.

그리하여 인류는 35년 전에 빼앗겼던 영토의 대부분을 되찾는 데 성공했다.

전쟁이 끝난 뒤, 아르만드 왕국 소속이었던 다섯 제왕수의 계약자…… 다섯 명의 정령술사는 그 공로를 인정받아 공작 지위에 올랐다.

이 다섯 명은 훗날 다섯 영걸이라 불리게 되었다.

이리하여 평화를 되찾은 인류였지만, 그 평화는 다른 누구도 아닌 인류의 손에 깨졌다.

──그렇다. 같은 인류끼리 전쟁을 일으킨 것이다.

마족이 동포들을 위협했을 때는 서로 힘을 합쳐 온갖 고생 끝에 마족에 대항할 힘을 얻어 그 위협을 물리쳤다.

그랬건만 이번에는 그 힘을 인류의 분쟁에 사용하게 되었다.

마법과 정령 마법이 없었던 시절과 비교해서 전쟁은 그 규모가 커졌을 뿐만 아니라 장기화되었고, 사상자도 대폭 증가했다.

2년에 걸친 세계 대전이 종전을 맞이했을 무렵에는 승전국과 패전국 모두 전쟁에 동원되었던 수많은 술사와 병사를 잃었고, 나라는 피폐해졌다.

그리고 마족에 대항할 수 있는 전력의 중심인 정령술사는 그 전쟁을 계기로 숫자가 대폭 감소했다.

위기 의식을 느낀 인류는 『인류 공동 통일 전선 조약』을 체결하게 되었다.

이 조약을 통해 국가 간 불가침은 물론이거니와, 정령을 사역하는 『정령술사』와 그에 준하는 자를 육성하는 기관인 『정령술사 육성 전문학교』, 통칭 『정령 학교』를 의무적으로 설립하는 등의 안건이 결정되었다.

정령 학교에 입학하는 자는 당연히 학생 신분으로 발을 들여야 한다.

하지만 이 학교에 입학한 순간부터 그들 앞에 놓인 미래에는 마족과의 피비린내 나는 싸움…… 그리고 더 나아가서는 인류끼리의 싸움이 기다리고 있었다.

그러나 그들은 그런 건 생각하지 않고서, 순수하게 자신의 힘을 갈고닦기 위해 오늘도 그곳에 발을 들였다.

제1화 절망의 끝, 희망의 시작

페이 보넷은 유년기에 신동이라 불렸다.

그는 또래 아이들은 물론이고 어른조차 능가하는 압도적인 마력량과 천재적인 마력 조작 능력이 있었다.

어른들은 두려움과 함께 존경하는 의미로, 그를 『전율의 마술사』라 불렀다.

아르만드 왕국의 명가, 『칠대 공작가』.

아르만드 왕국 국왕으로부터 공작 지위를 하사받은 일곱 가문을 총칭하여 그렇게 불렀다.

그중 하나인 보넷 가문의 장남으로 태어난 페이는 자신의 역량을 가늠하려는 어른들의 관심을 받아 왔다.

행운인지 불행인지 페이의 힘은 그들의 기대를 초월하였다. 그것도 압도적으로 말이다. 어른들은 페이가 타의 추종을 불허하는 정령술사가 될 거라고들 얘기했다.

그런 그가 일곱 살이 되었을 때, 어른들의 기대 속에서 정령 계약을 행하게 되었다.

보넷 영내에 있는 어느 교회…… 페이는 가족들과 함께 그곳으로 향했다.

교회에 다다르자, 그 안에서 검은 옷을 입은 신부가 나와 페이와 그 가족들을 맞이했다.

아이는 모두 일곱 살이 되면 교회에 가서 정령 계약을 행한다. 그건 이곳 아르만드 왕국뿐만 아니라 다른 나라에서도 마찬가지였으며, 거기에서도 정령술사로서의 소질이 있는지 없는지를 동일한 방법으로 판별했다.

그런 의미에서 일곱 살은 특별한 나이였으며, 결과에 따라서는 자신의 삶이나 주변 사람들이 자신을 대하는 태도가 좋게든 나쁘게든 급격하게 바뀌었다. 그렇기에 정령 계약이란 여러 가지 의미에서 중요한 행사이자 의식이었다.

정령 계약을 행하는 장소가 어째서 교회인가. 그 주된 이유는 정령의 습성에서 기인했다.

정령은 마력이 충만한 공간을 선호했다.

교회는 말 그대로 마력으로 가득 차 있는 곳이기에, 최하급 정령이 마력을 바라며 몰려든다.

그렇지만 하급 정령이나 중급 정령 같은 최하급 정령보다 더 고위에 있는 정령은 교회보다 자연을 선호한다.

게다가 무리 짓는 걸 싫어하는 정령이 많기에 최하급 정령이 모이는 교회에는 얼씬도 하지 않는다.

그렇기에 교회 주위에는 최하급 정령이 많이 머물고, 최하급 정령이 발하는 빛이 교회를 비추며 한층 더 신성한 분위기를 자아냈다.

요컨대 정령 계약이라는 건 일곱 살이 되는 해에 교회에 가고,

거기에 있는 최하급 정령에게 마력을 부여하여 계약을 맺을 수 있는지 여부를 판별하는 의식을 일컬었다.

계약할 수 있는 자의 조건 및 대전제는 정령과 계약할 수 있는 마력을 갖추고 있는가.

물론 그 조건을 갖추고 있다 하더라도 정령과 계약할 수 없는 사람도 있다.

그렇기에 이 의식이 필요하다.

속성에는 상성이란 것이 있는데, 이 교회는 나라에서 발행하는 증명서인 정령 계약 인증서를 가지고 있다. 이 교회에 모든 속성의 정령이 머물고 있음을 나타내는 증명서였다.

다시 말해, 모든 속성의 정령과 정령 계약을 맺을 수 있는 장소였기에 정령술사로서의 자질 유무와 적성이 있는 속성을 한 번에 알 수 있다.

술사 한 사람이 계약할 수 있는 정령의 속성은 일반적으로 하나밖에 안 된다고 하지만, 극히 드물게 여러 속성의 특성을 가지고 있는 자는 여러 속성의 정령과 계약하는 경우도 있다.

고위 정령은 계약자가 없더라도 그 모습이 일정하지만, 하위 정령은 마력을 받고 계약한 뒤에야 비로소 그 모습을 드러낸다. 그렇기에 계약자가 없는 하위 정령은 인간의 눈에 그저 빛 알갱이로밖에 보이지 않는다.

페이와 그 가족들은 몹시 저자세로 나오는 신부의 안내를 받으며 교회 안에 있는 어느 방으로 들어갔다. 그곳에는 불 속성인 붉은색, 물 속성인 푸른색, 바람 속성인 녹색, 번개 속성인 노란색,

땅 속성인 갈색, 빛 속성인 흰색, 이 여섯 종류의 빛 알갱이가 두 둥실 떠다니고 있었다.

검은색…… 다시 말해 어둠 속성의 정령이 존재하지 않는 건, 어둠 속성의 정령과 계약할 수 있는 인간은 거의 없는 데다 애당초 어둠 속성 정령 자체가 교회에는 얼씬도 하지 않기 때문이다.

따라서 정령 계약을 통해 모든 속성과의 상성을 조사할 수 있지만, 유일한 예외가 바로 어둠 정령이었다.

여섯 가지 색의 빛 알갱이. 그중에서 페이는 붉은색 빛 알갱이에 손을 댔다.

그러자 그 붉은색 알갱이가 움직임을 멈추었다. 이 불 속성 정령은 알아차린 것이다. 지금부터 마력이 온다는 사실을.

페이는 눈을 감고 천천히 숨을 내쉬었다. 신중한 태도를 취하는 건 당연했다.

이 의식은 인생에서 가장 중요하다고 봐도 무방하기 때문이다.

감았던 눈을 뜨고, 눈앞에 있는 빛 알갱이…… 불 속성 정령을 보았다.

그리고 페이의 입이 계약의 주문을 자아냈다.

『──나는 그대의 힘을 원한다. 따라서 그대와의 계약을 희망하노라.』

『그대가 지불하는 건 그 힘, 내가 지불하는 건 내 마력.』

『이 계약을 받아들이겠다면 내 마력을 먹고 내 안으로 들어오라.』

페이가 주문을 다 외우고 마력을 개방했다. 방 안에서 그 방대한 마력이 마구 날뛰었다.

페이를 전율의 마술사로 불리게 만든 요인이 바로 이 마력량이었다.

붉은 빛 알갱이는 그에 호응하듯 그 마력이 방출되는 근원인 페이의 손바닥으로 다가오기 시작했다.

물론 이 자리에 있는 그 누구도 페이가 정령 계약에 실패할 거란 생각은 추호도 하지 않았다.

이걸로 정령이 페이의 마력을 먹고 계약이 맺어졌을 터였다.

그렇게…… 될 터였다.

"어, 어째서……?"

페이가 자기도 모르게 당혹감에 찬 말을 중얼거렸다.

페이의 마력에 접한 순간, 정령이 페이를 밀쳐내듯 거리를 두었다.

속성 상성이 나빴던 걸지도 모른다. 그렇기에…… 페이는 다른 속성과 계약을 시험해 보았다.

속성 하나…… 그리고 또 속성 하나. 계약에 실패할수록 페이의 이마에 땀방울이 맺히고 초조감이 드러나기 시작했다.

하지만 결과는 마찬가지였다.

결국 페이는 그 어떤 정령과도 계약을 맺을 수 없었다.

페이의 정령 계약은 실패로 끝난 것이다.

망연자실하게 서 있는 페이의 뒤에서 당혹감과 모멸감…… 그리고 실망감 섞인 목소리가 들려왔지만, 지금의 페이에게는 들리지 않았다.

그 이후로 주위 사람들이 페이를 보는 선망 어린 시선이 순식간에 경멸 어린 시선으로 바뀌었다.

어느새부턴가 페이는 『전율의 마술사』가 아닌 『낙오자』라 불리기 시작했다.

그건 가족 또한 예외가 아니었다.

페이를 그토록 끔찍이 아끼던 아버지와 어머니는 페이를 무시하고 동생들에게 애정을 쏟기 시작했다.

페이를 무척이나 잘 따르던 동생들도 부모님과 마찬가지로 그를 무시했고, 누나도 더 이상 페이를 상대하지 않았다.

하지만 신기하게도 페이는 자신의 처지가 그렇게 된 것에 별다른 위화감을 느끼지 않았다.

어린 나이임에도 불구하고 알고 있었던 것이다. 그들이 보고 있던 건 자기 자신이 아니라 자신이 가진 힘이었음을…….

정령 계약에 실패하여 낙오자라 불리게 된 뒤에도, 힘이 전부인 보넷 가문에서 분가 사람들에게 폭력 등의 괴롭힘을 받지 않았던 건 그들 또한 잘 알고 있었기 때문이리라.

자신들의 힘으로는 정령과 계약하지 못한 페이조차 이길 수 없음을 말이다…….

그로부터 얼마 후, 페이는 주변 사람들의 그러한 태도에 익숙해진 듯 스스로 주변 사람들과 거리를 두고 마법 연습에 몰두했다.

하지만 그런 나날조차 아버지의 한마디…… 아니, 가족의 뜻으로 갑작스럽게 끝나고 말았다.

페이가 사는 보넷 가문의 저택은 공작가에 걸맞게 광대하고 호화롭게 지어졌다.

저택에 사는 시녀나 집사…… 다시 말해 수십 명에 이르는 하인이 일하고 있다는 점에서 그 광대함을 엿볼 수 있다.

어느 날, 페이는 시녀로부터 아버지가 자신을 찾고 있다는 말을 듣고 아버지의 서재로 향했다.

서재에 도착해 방에 들어가자 거기에는 가족이 전부 모여 있었다.

"──페이, 넌 오늘부로 더 이상 우리 집 자식이 아니다."

값비싼 책상 위에 양 팔꿈치를 댄 채 싸늘한 눈빛으로 페이를 쳐다보는, 보넷 가문의 당주이자 페이의 아버지인 알렉스 보넷.

그런 아버지를 적잖이 무서워하던 페이에게 느닷없이 무자비한 선고가 내려졌다.

아직 어렸던 페이는 그 말이 무슨 뜻인지 이해할 수 없었다. 아니, 무슨 뜻인지는 알고 있었지만, 그 말을 있는 그대로 받아들이기 힘들었다.

"아버지…… 지금, 뭐라고 하셨나요?"

페이는 변함없는 자세로 자신을 똑바로 쳐다보는 아버지에게 머뭇머뭇 물었다.

페이를 쳐다보는 알렉스의 눈빛에는 예전의 온기라고는 온데간데없었다. 페이는 아버지가 자신을 그저 '물건'으로밖에 여기지 않는 듯한 느낌을 받았다.

제발 자신이 잘못 들었기를 바라며 묻는 페이의 말에 알렉스가 오른쪽 눈썹을 움찔 떨며 답했다.

"이 시각 이후로 감히 보넷 가문의 이름을 입에 담으면 용서치 않겠다! 지금 당장 짐을 싸서 저택 밖으로 나가거라!!"

페이에게 돌아온 대답은 무정하게도 그가 바라지 않던 것이었다.

알렉스의 싸늘한 검은색 눈동자가 페이를 꿰뚫었다.

칠대 공작가 중 하나인 보넷 가문의 당주 알렉스가 자아내는 냉혹한 분위기를 더 이상 견디기 힘들었던 페이가 시선을 돌렸다.

하지만 그것도 부질없는 짓이었다.

페이가 시선을 돌린 쪽에는 알렉스와 같은 눈으로 페이를 쳐다보는…… 가족들이 있었다.

자애로움을 담아 페이를 키우던 어머니, 아디 보넷은 불쾌하기 짝이 없다는 듯이 표정을 일그러뜨리며 페이를 쳐다보고 있었다.

천진난만한 미소로 대하던 남동생 브람 보넷은 페이를 그저 무표정하게 쳐다보고 있었고, 마찬가지로 페이를 잘 따르던 여동생 에리스 보넷이나, 페이가 자신에게 의지하던 걸 기뻐하던 누나 세실리아 보넷은 무언가를 참는 듯 입을 꾹 다물고 있었다. 마치 페이의 존재가 불쾌하다는 듯이 말이다…….

"앗――……."

그들에게서 느껴지는 공통점은 '당장 꺼져!'라고 말하는 듯한 싸늘한 눈빛과, 불쾌하기 짝이 없다는 듯한 표정이었다.

이런 분위기 속에서 평정을 유지할 수 있을 리 없었다.

"아…… 알았어요."

페이는 그저 어안이 벙벙할 따름이었다. 그리고 절망했다.

알렉스의 그 말, 너무나도 부조리한 그 명령은 반쯤 반사적으로 받아들였으리라.

그들이 보이는 태도는 페이를 구렁텅이로 떨어뜨리기에 충분했다.

페이는 이때 정령 계약에 실패한 뒤로 줄곧 품어 왔던 의문에 확신을 얻었다.

가족들이 페이에게 보였던 그 따뜻한 눈빛은, 쏟아 주었던 애정은, 그 천진난만한 미소는…… 모든 건 '우수한 페이'에게 보인 가식적인 가면에 불과했음을 말이다…….

페이는 아버지의 서재에서 나오자마자 짐도 싸지 않은 채 저택 밖으로 뛰쳐나갔다.

얼마나 달렸을까. 숨은 턱밑까지 차올랐고, 다리도 뜻대로 움직이질 않았다.

하지만 페이는 계속해서 달리고 또 달렸다.

"——읔!"

페이는 보넷 영지와 인접한 숲속으로 들어갔다. 그런데 달리던 도중 그만 나무뿌리에 다리가 걸려 넘어지고 말았다.

온 힘을 다해 달려 왔던 페이는 낙법도 못하고 땅을 굴렀다. 격통이 페이의 온몸을 뒤흔들었다.

그 바람에 주머니 안에 들어가 있던 수수한 유리구슬이 바닥에 떨어졌다.

이 유리구슬은 1년 전 생일 때 누나와 여동생이 준 선물이다.

정령 계약에 실패한 뒤에도 차마 버리려야 버릴 수 없었던 소중한 물건이었다.

페이는 그걸 주워 하늘에 비추어 보았다.

어째선지…… 어째선지, 눈물이 페이의 뺨을 타고 흘러내렸다.

이 눈물은 넘어져서 발생한 격통 때문일까. 아니면…….

어느 쪽이든 간에 한 번 터진 눈물보는 그칠 줄을 몰랐다.

아무도 없는 숲속에서 페이가 오열하는 소리가 적적하게 울려 퍼졌다.

한동안 바닥에 대자로 드러누워 있던 페이였지만, 가까스로 울음을 그친 뒤 숨을 고르면서 앞으로 어쩔지 고민했다.

바로 그때였다. 근처에서 방대한 마력이 느껴졌다.

"이 마력은……?"

페이가 마력이 느껴진 쪽을 쳐다보았다. 그곳에는 보넷 가문 분가 소속의 상위 마술사가 열 명 남짓 서 있었다.

왜 이런 곳에 있는 걸까? 혹시 자신을 데리고 돌아가기 위해 와 준 걸까?

이런 상황에 이르러서도 그런 안일한 생각이 페이의 머릿속에 떠올랐다.

"이봐, 미안한데 여기서 좀 죽어 줘야겠다. 당주님의 명령이거든. 시체는 불태우라고 하시더군."

그들 중 한 사람이 히죽히죽 웃으며 페이에게 말을 걸었다.

마치 페이가 지금 머릿속으로 생각하던 걸 비웃는 것처럼.

"아, 아버지가요? 그게 무슨 소리예요!"

"어엉? 무슨 소리고 나발이고 간에. 널 죽이고 와라…… 그렇게 말씀하셨거든!"

남자가 그렇게 잘라 말함과 동시에 그들이 일제히 불의 초급 마법【파이어 볼】을 쏘았다.

어른 열 명이 만드는 불덩어리는 삽시간에 50에 가까운 수로 불어났고, 페이의 시야에 비친 푸른 하늘이 불덩어리에 의해 붉게 물들었다.

"""""【파이어 볼】"""""

그리고 그것은 마법명의 영창…… 『명창』과 함께 노도와도 같은 기세로 페이를 향해 일제히 덮쳐들었다.

"큭!【워터 월】!"

그 광경을 본 페이는 재빨리 물의 중급 마법【워터 월】을 전방에 전개하여 불덩어리를 모조리 상쇄했다.

"──웃! 역시 전율의 마술사라 불릴 만하군……."

그렇다. 이것이 바로 『전율의 마술사』가 가진 힘이었다.

어지간한 마술사라면 여럿이서 행사한 마법을 완전히 상쇄할 수 없었으리라.

"하지만 이래 봬도 우리는 보넷 가문의 분가 사람이다. 초급 마법이 안 된다면…… 이건 어떠냐!!"

그들은 다시금 마력을 집중하여 마법을 짜기 시작했다.

페이는 그 마력을 보고 그들이 하나의 속성이 아닌 여러 속성으로 구성된 마법을 행사하려는 것을 느꼈다.

서서히 마력의 형태가 잡히자, 페이는 그들이 어떤 마법을 행사하려는지 알 수 있었다.

　"──윽! 이 마력의 움직임은 설마, 불과 바람의 중급 합성 마법 【파이어 토네이도】인가!"

　"호오……. 마력의 움직임만으로 이 마법이 무엇인지 알아낼 줄이야. 역시나 죽이기엔 아깝단 말이지이. 본가에서 태어나지만 않았어도 장차 최강의 마술사가 될지도 몰랐을 텐데 말이야."

　본가에서 태어나지만 않았어도…… 이 남자의 말이 맞았다.

　마술사가 칠대 공작가의 본가에 있으면 가문의 명성에 흠이 생긴다.

　그 표현은 과장일지도 모른다. 하지만 오점이 남는 건 틀림없는 사실이었다.

　마술사는 정령술사보다 능력이 한참 뒤떨어진다는 건 이 세상의 일반 상식이었다.

　이 나라, 아르만드 왕국에서는 일반적으로 장남이 그 집안을 물려받는 관습이 있어서, 보넷 가문의 차기 당주는 페이가 된다.

　하지만 앞서 말했듯이 마술사는 정령술사보다 뒤떨어지기 때문에 마술사인 페이가 보넷 가문을 물려받으면, 최악의 경우엔 정령술사가 당주로 있는 다른 귀족에게 공작 지위를 빼앗겨 보넷 가문이 칠대 공작가에서 제외될 가능성이 있다.

　알렉스는 그 점을 우려하여 페이를 처음부터 없었던 사람으로 취급할 심산이었다.

　"받아라, 【파이어 토네이도】!!"

열 개의 화염 회오리가 순식간에 발생하더니 그 열기로 땅바닥을 태우면서 페이를 향해 덮쳐들었다.

이 좁은 숲속에서는 피하기조차 쉽지 않았다.

"칫! 【워터 월】!"

페이는 자기도 모르게 혀를 차면서 아까 행사했던 물의 중급 마법으로 그 마법을 상쇄하려고 했다. 하지만 상대가 행사한 마법은 조금 전 마법과는 차원이 다른 위력을 갖고 있었다.

합성 중급 마법은 페이가 전개한 물의 벽을 가차 없이 돌파했다. 그리고 간신히 상쇄한 몇 개를 제외한 나머지 마법이 페이에게 직격했다.

"으윽……!"

페이는 괴로운 표정을 지으며 주위를 살피고는 다시금 마력을 방출했다.

"【인챈트 보디】!"

계통 외 마법 【인챈트 보디】는 몸에 마력을 흘려보냄으로써 세포 하나하나를 활성화시켜 신체 능력을 강화하는 마법이다.

페이는 그 덕분에 강화된 다리로 숲 안쪽으로 달아났다.

피를 바닥에 뚝뚝 흘리면서.

"야, 지금 술래잡기 하자는 거냐?"

마술사 한 사람이 페이를 향해 말을 건넸다.

명백하게 페이를 비웃는 말투였다.

하지만 지금의 페이에겐 그 말에 발끈할 여유조차 없었다.

페이는 그저 숲 안쪽으로 달아나기만 할 뿐이었다.

"하아, 하아⋯⋯."

· 달아나는 도중 복부에서 느껴지는 강렬한 격통으로 마법에 집중할 수 없었던 탓에 신체 강화 마법의 효력이 풀리고 말았다.

그 순간 다리가 풀렸고, 달리던 속도로 바닥을 굴렀다.

페이는 근처에 있던 나무에 등을 기대고서 하늘을 올려다보았다.

어느샌가 하늘은 주황색으로 물들어 있었다.

"내가 대체 뭘 잘못했다는 거야. 정령과 계약하지 못했다는 이유만으로, 이런⋯⋯ 이런 꼴을 당하다니!"

페이는 격통이 느껴지는 배를 내려다보았다.

피가 흘러나오고 있었다.

불과 바람의 중급 마법 【파이어 토네이도】가 직격한 부분이리라.

바람의 '토네이도'가 살을 찢고 도려낸 탓에 거기에서 연신 피가 흐르고 있었다.

그리고 그 주위 살점은 불의 '파이어'에 의해 문드러져 있었다.

그 화상이 통증을 키웠다.

"제길! 이럴 줄 알았으면 회복 마법도 배우는 건데!"

페이는 가까스로 움직이는 오른팔로 바닥을 내리쳤다.

분노의 기운을 머금고 있는 그 얼굴에는 무력감에 내몰리는 원통함이 드러났다.

통증 때문에 페이의 의식이 서서히 몽롱해지기 시작했다.

"여기서…… 끝인가."

조금 전까지 주먹을 꾹 움켜쥐고 있던 그 오른손에는 이제 더이상 힘이 들어가질 않았다.

페이는 자신의 목숨이 꺼져 가는 것을 느꼈다.

그러자 자신의 생각이 입 밖으로 제멋대로 나오기 시작했다.

"이런 데서 끝이라고? 태어났을 때부터 바라지도 않던 기대를 받아서, 그 기대에 부응하기 위해 필사적으로 노력해 왔는데……. 그랬는데 한 번의 실패로 이런 꼴을 당할 줄이야. 난 그저 모두를 위해 노력해 왔을 뿐인데……."

페이의 마음속에서 증오와 슬픔이 치밀었다.

그와 동시에 삶에 대한 집착이 싹트기 시작했다.

"──웃기지 마!"

다시금 오른손에 힘이 들어가기 시작했다.

"그게, 그게 말이나 되는 소리냐고! 남을 위해 살다가 쓸모가 없어지면 살해당한다니, 그건 마치 도구 같은 인생이잖아. 내 인생은, 내 거란 말이야!"

페이는 몽롱해지는 의식 속에서 머리를 있는 대로 쥐어짰다.

마술사들은, 추적자들은 확실하게 다가오고 있었다.

시간이 얼마 없었다.

'시체는 불태우라고 하시더군.'

아까 그들이 했던 말이 페이의 머릿속을 스쳐 지나갔다.

"시체를 불태운다는 건, 불태우고 난 이후엔 시체를 확인할 일이 없다는 거야……. 만약 내 몸을 대신할 거라도 만들 수 있다면……. 지금 내가 어둠 계통 마법으로 행사할 수 있는 건 중급까지야. 하지만 중급 마법 중엔 질량을 속일 수 있는 마법이 없어. 아무리 그래도 실체가 없는 그림자로는 끝까지 속일 수 없을 텐데. 제길, 어쩌면 좋지!"

자기도 모르게 말투가 거칠어졌다.

"야~ 어딨냐~."

격정에 사로잡혀 달아올랐던 페이의 머리를 식히듯, 어디에선가 마치 장난치는 투로 페이를 부르는 분가 인간들의 목소리가 근처에 울려 퍼졌다.

"질량을 가진 마법을 어둠 계통 마법으로 덮어씌우면……."

그 목소리를 듣고 머리가 식어 냉정해진 페이가 무어라 중얼거리기 시작했다.

"지금 당장 쓸 수 있는 건 땅의 중급 마법 【클레이 돌】……. 여기에다 어둠의 중급 마법 【다크 폼】을 조합하면……."

그리하여 완성된 건── 어둠과 땅의 합성 상급 마법 【다클레이 돌】이었다.

"찾았다!"

분가 마술사들이 페이의 모습을 포착했다.

페이는 그 말을 듣고 괴로운 표정을 지어 보였다.

"훗, 여기에 있었군! 뭐, 그리 걱정할 건 없다고. 뼛조각 하나

남기지 않고 없애 버릴 테니까 말이야.【파이어 토네이도】!"

다시금 페이의 주변에 화염 회오리가 출현했다.

"큭,【워터 월】."

페이는 그것들을 막고자 물의 벽을 전개했다.

분가 마술사들은 알아차리지 못했다. 페이가【워터 월】을 전개할 때, 마법을 행사하는 데 쓰이는 마력이 눈앞에 있는 페이의 손끝이 아닌 조금 떨어진 나무 위에서 보내져 오고 있다는 사실을 말이다.

"크헉!"

전개된 물의 벽은 아까보다도 더 손쉽게 돌파 당했다. 화염 회오리가 페이를 직격했다.

페이는 무수히 많은 열상과 화상을 입으며 쓰러졌다.

"이걸로 끝났군. 그럼……【파이어 토네이도】!"

추격타를 가하듯 다시금 페이를 향해 화염 회오리가 날아갔다.

바닥에 쓰러진 페이는 별다른 저항도 하지 못한 채 그 모든 것을 고스란히 받았고, 그 자리에서 불타 사라졌다.

마술사들의 리더로 보이는 남자가 그 광경을 보더니 말했다.

"좋았어. 이제 그만 돌아가자! 당주님께 보고해야지!"

다른 마술사들은 알았다고 대답하며 이 숲을 떠났다.

"이제 갔나?"

마술사들의 모습이 시야에서 사라졌을 즈음, 조금 떨어진 곳에 자리한 나무가 부르르 흔들리더니 목소리가 흘러나왔다.

그 나무 위에는 아까 마술사들의 공격을 받아 불타 사라졌을 터인 페이가 있었다.

"어, 어떻게든 잘됐나 보군……."

안도의 목소리가 흘러나왔다.

페이는 한 고비 넘겼음을 확인한 뒤, 나무에서 내려와 아까 자신을 대신해서 불타 사라진 대역에게 다가가고자 발걸음을 옮겼다.

그에 따라 피가 한 방울, 또 한 방울 바닥에 빨려 들어갔다.

"으……. 적당히들 좀 하지. 피가 멎질 않잖아."

페이는 그렇게 불평하며 한쪽 무릎을 바닥에 꿇었다.

그리고 그대로 쓰러졌다.

내장에 피해를 입은 모양인지 입에서 피가 흘러 떨어졌다.

"으윽……. 돌이켜보면 아무 의미도 없는 인생이었어."

페이는 눈을 감았다.

눈꺼풀 안쪽에서 자신의 인생이 주마등처럼 스쳐 지나갔다.

페이는 입가를 끌어 올리고 자조하는 듯한 웃음을 지었다.

"그래, 그냥 이대로 끝나면 돼. 돌아갈 곳도 없고, 아무 의미 없는 인생을 보냈던 나에게 딱 어울리는 최후로군."

페이는 바닥에 드러누운 채 미친 듯이 웃음을 터뜨렸다.

지금까지 쌓이고 쌓였던 게 터진 것처럼.

눈물이 뺨을 타고 흐르기 시작했을 무렵, 간신히 그 웃음이 잦아들었다.

오른팔을 눈에 대고 울음을 멈추려고 해도, 부질없는 행위다.

"난…… 난, 대체 뭘 위해서 이 세상에 태어난 거냐고. 무슨 이딴 최후가 다 있어. 마치 죽기 위해 태어난 것 같잖아……."

자신의 부조리한 운명을 원망했다. 자신의 주변 사람들을 원망했다. 자신의 무력함을 원망했다.

그리고 무엇보다도 자신을 둘러싼 주변 사람들의 꿍꿍이속을 미리 간파하지 못했던 자기 자신을 원망했다.

부정적인 감정이 페이를 지배하기 시작했다.

페이는 이 세상 모든 것에 실망했다. 이 부조리한 운명에 저항하기를 포기했다.

눈을 감고 죽음을 받아들이기 시작했을 때였다. 한 줄기 빛이 페이를 비추었다.

그건 비유가 아니었다.

석양빛이 나무들 사이로 페이를 비추었다.

페이는 그 눈부심에 자기도 모르게 눈을 떴다.

"너, 괜찮니?"

"──웃?!"

페이는 거기서 새로운 빛과 만났다.

그곳에는 한 여성이 서 있었다.

해가 저물기 직전, 나무들 사이로 쏟아지는 석양이 그녀의 말끔하고 아리따운 금발을 한층 더 찬란하고 거룩하게 비추었다.

그 여성은 몸을 숙이고 환하게 뜬 맑고 푸른 눈으로 페이를 보았다.

조금 앳된 구석이 남아 있기는 했어도 그 늘씬한 체구는 어른 여성 특유의 곡선미를 띠었다. 그리고 무엇보다도 몸을 숙인 탓에 큰 편에 속한 가슴이 한층 더 강조되었다.

나이는 20대 초반 정도로 보였다. 하지만 페이의 눈에는 어째선지 그녀가 소녀처럼 보였다.

그런 생각을 하는 동안 다시금 의식을 잃을 뻔했다.

하지만 그때 보드라운 손가락이 페이의 배에 닿았다.

"괜찮을 리가 없겠네. 잠시만 있어 봐. 【하이 힐】!"

그러자 아픔이 점점 사그라지더니 상처도 아물었다.

"무, 물의 상급 마법 【하이 힐】?!"

페이가 놀라움에 찬 소리를 낸 그 마법은 물의 상급 마법 【하이 힐】이었다.

회복 계열 마법은 습득하기 어려운 편이다. 그리고 그중에서도 【하이 힐】은 상위 마법이었다.

페이는 그 마법을 쓸 수 있는 그녀에게 놀라움을 금치 못했다.

"후우, 이제 괜찮을 거야. 아, 그렇다고 막 움직이면 안 돼. 아직 상처가 완전히 아문 건 아니거든……."

"가, 감사합니다……."

자신의 목숨을 구해 주었다. 무척이나 기쁘고 고마울 따름이었다.

하지만 감사의 말을 입에 담던 페이는 말끝을 흐렸다.

"괜찮아. 괜찮아. 그나저나 왜 상처투성이로 이런 데 있는 거니?"

"아, 그건……."

여성의 당연한 물음에 페이는 말을 머뭇거렸다.

자신이 보넷 가문의 사람이었다는 사실과, 가족이 자신을 죽이려고 했다는 사실을 과연 말해도 되는 걸까.

잘못 말했다간 가족의 귀에 자신이 살아 있다는 정보가 전해지지 않을까.

잠깐, 어쩌면 눈앞에 있는 이 여성도 자신의 적일지도 모른다.

가족에게 배신당한 페이의 머릿속에 그런 생각이 스쳐 지나갔다.

그렇기에 페이는 입을 꾹 다물었다.

"괜찮아. 난 이 숲에서 혼자 살고 있으니까 어차피 얘기할 사람도 없거든. 물론 네 적은 더더욱 아니고."

"어?"

자신의 생각을 정확히 꿰뚫자 페이는 놀라움에 찬 소리를 냈다.

어떻게 알았던 걸까. 그것만이 신경 쓰였다.

그리고 그 놀라움은 페이 자신의 표정에도 그대로 드러났다.

"후후, 네 얼굴에 그렇다고 다 써 있거든."

눈앞에 있는 여성은 마치 성모와도 같은 미소를 머금으며 페이의 머리를 쓰다듬어 주었다.

페이는 무의식적으로 그 손길을 기분 좋다고 느꼈다.

"그런, 가요."

페이는 멋쩍은 기분이 들어서 눈을 돌렸다.

그러자 조금 전까지 페이 자신이 흘렸던 피가 눈에 들어왔다.

그것을 보고 다시금 아까 품었던 감정이 치솟았다.

이젠 아무래도 좋아. 어차피 죽어도 상관없어.

그런 생각이 들자, 페이는 반쯤 자포자기해서 입을 열었다.

집안에서 있었던 일, 정령 계약에 관한 일, 방금 있었던 전투 등등.

설령 이 여성이 자신의 적이라 할지라도, 설령 가족들에게 자신이 살아 있다는 사실이 알려진다 할지라도, 아무래도 좋았기 때문이다.

"그래, 그런 일이 있었구나……. 역시 보넷 가문은 여전하네."

"……?"

자신의 말을 듣고서 마치 보넷 가문을 잘 알고 있다는 투로 얘기하는 그녀의 말에 페이는 의문을 느꼈다.

하지만 페이가 그 의문을 입에 담기 전에, 그녀 쪽에서 먼저 상상도 못했던 제안을 건넸다.

"있잖아. 달리 갈 데가 없으면 우리 집으로 오지 않을래?"

"엣?!"

"그게, 나도 아들이 생겼으면 싶었거든!"

"아, 네에……."

밑도 끝도 없는 이유에 페이는 당혹스럽기보다는 어이가 없을 따름이었다.

"게다가, 이대로 여기에 있어 봤자 죽기만 할 건데?"

"죽는다……."

페이는 죽는다는 말을 듣고 그 말을 곱씹었다.

어쩌설까. 죽는다는 말을 들었음에도 두려움은 들지 않았다.

오히려 죽음이야말로 자신이 바란 것 같은…… 그런 착각마저 들었다.

어째서 그런 생각이 든 걸까.

애써 모르는 척 자문자답하려고 했지만, 그 이유는 이미 알고 있었다.

"딱히 뭐, 이제 죽어도 별 상관없는걸요."

페이의 입에서 그 말이 자연스럽게 흘러나왔다.

그 말은 거짓이 아닌 본심에서 우러나온 말이었다.

그렇다. 페이는 마음 한구석에서 그렇게 생각해 왔다.

그 저택에 있을 때부터 이미 죽어 있었다.

주변 사람들의 기대에 부응하기 위해, 다른 사람이 바라는 것만을 위해 살아온 인생이었다.

바라지 않았던 일상. 바라지 않았던 생활. 바라지 않았던 나날. 바라지 않았던 자기 자신의 모습.

그건 이미 죽은 거나 마찬가지 아닌가.

페이는 생각했다.

바라지 않던 나날에 질릴 대로 질려, 정령과 계약하지 못해 주변 사람들의 기대감이 자신 말고 동생들 쪽으로 향하는 것을 마음 한구석에서 안도했다.

페이는 아까부터 미동도 하지 않은 채 자기를 보던 여성을 문득 쳐다보았다.

"──윽!"

여성이 갑자기 페이의 뺨을 때렸다.

페이는 얻어맞은 왼쪽 뺨을 오른손으로 매만지며 속으로 고개를 갸우뚱거렸다.

어째설까. 아픈데도, 무척이나 다정한 느낌이 들었다.

"무슨 말도 안 되는 소릴 하는 거니! 넌 이대로 다른 사람에게 자기 인생을 빼앗긴 채 죽어도 상관없다는 거야?!"

"──읙!"

페이는 눈을 휘둥그레 떴다.

여성이 입에 담은 말은 지금의 마음을 흔들리게 했다.

자기도 모르게 자신의 가슴에 손을 댔다.

심장 고동이 빨라진 것을 알 수 있었다.

그것은 드디어 그 지루하고 허무했던 나날로부터 빠져나온 데 대한 기쁨과, 앞으로 펼쳐질 나날에 대한 기대감 때문이었다.

그리고 그것을 스스로 확인함과 동시에 다른 생각이 페이의 가슴속에서 치솟았다.

"죄, 죄송해요."

그것은 죽어도 상관없다는 소리를 생각 없이 입에 담은 죄책감에서 비롯된 말이었다.

그런 마음에 고개를 숙였지만, 여성은 페이의 양볼에 손을 대고 고개를 들게 했다.

"알았으면 됐어. 그럼, 따라오겠다는 거지?"

그 눈빛은 페이에게 안도감을 주었다.

너에게 미래를 주겠다, 그렇게 말하는 여성의 눈빛이.

"네…… 잘 부탁드립니다!"

페이는 잠시 망설인 뒤에 대답했다.

그 결의를 들은 여성은 미소를 짓고, 페이를 칭찬하듯 손을 내밀며 이렇게 말했다.

"그럼 앞으로 날 어머니라고 불러."

"어째서 그렇게 되는 건데요?!"

페이는 한 박자 늦게 그렇게 따졌다.

"뭐 어때? 우린 이제부터 가족인데. 아, 그러고 보니 아직 내 이름을 알려 주지 않았구나. 나는…… 라나 디르크라고 해."

"아, 저는 페이……."

"페이 디르크…… 지?"

페이가 자신의 이름을 말하는 도중에 라나가 끼어들듯 말했다.

"어?"

"괜찮아. 넌 오늘부터 페이 디르크야."

"페이 디르크……."

페이는 그 이름을 곱씹듯 중얼거렸다.

"그래, 페이 디르크. 그럼 잘 부탁해, 페이 군!"

"네, 잘 부탁드릴게요, 라나 씨."

"아이 참, 어머니라 부르라니깐. 아, 엄마도 괜찮단다?"

"됐거든요!"

장난스럽게 대하는 라나의 모습에 페이는 발끈했다.

페이는 이때 처음으로 '진짜 애정'을 느낀 듯한 기분이 들었다.

제2화 둘이서 보내는 생활

"──읏. 꿈…… 인가."

페이는 상체를 일으켜 세우고 조금 전까지 꾸던 꿈을 떠올리면서 이마에 맺힌 땀을 닦았다.

이곳은 한적한 숲속이었다.

이 한가로운 숲에서는 동이 트기 시작하는 이른 아침 시각부터 잠들었던 동물들이 깨어나 활동을 시작한다.

작은 새가 지저귀는 소리는 마치 자연이 연주하는 오르골 같았다.

그 소리를 들으며 평정을 되찾은 페이는 온몸을 흠뻑 적신 땀에 불쾌감을 느끼고 샤워로 몸을 씻기 위해 침대에서 일어나려고 했다.

"페~이 구~운! 좋은 아침이야!!"

그러자 라나가 마치 그 타이밍을 기다리고 있었다는 듯이 힘차게 문을 열며 방 안으로 들어왔다.

그 순간, 라나의 아름다운 금발이 페이의 시야를 가득 메웠다. 방 안에는 여성 특유의 달콤한 냄새가 감돌며 페이의 콧속을 간질였다.

"안녕히 주무셨어요, 라나 씨."

"아이, 페이 군도 참. 왜 그렇게 기운이 없니~!"

페이가 라나의 행동을 진절머리 난다는 눈길로 바라보면서 고개를 푹 숙였다. 그러자 라나가 뺨을 부풀리면서 핀잔을 주었다.

아니, 애초에 핀잔을 들어야 한다는 건 너무나도 부조리했지만 말이다.

"라나 씨가 기운이 넘치는 거라고요. 어째서 이런 아침 댓바람부터 그렇게 기운이 넘치는 건가요? 그나저나 늘 궁금하던 건데, 어떻게 제가 침대에서 일어나는 그 순간에 딱 맞춰서 방에 들어오실 수 있는 건데요?"

페이의 그 물음에 라나는 득의양양한 표정을 지으며 대답했다.

"페이 군, 나를 얕보면 못써. 내 감은 대단하거든! 가령 나랑 몇백 킬로미터나 떨어져 있는 곳에 있다 할지라도 페이 군이 언제 일어났는지 손바닥 보듯 훤히 알 수 있으니까! 이런 걸 제육감이라고 하던가? 아무튼 그거!"

"무척이나 자랑스럽다는 듯이 말씀하시니까 이렇게 말씀 드리는 것도 좀 그렇긴 한데, 굉장하다는 느낌이 들기보다는 오히려 싸한 느낌밖에 안 들거든요?!"

"농담이야. 실은 이 방⋯⋯이라기보다는 페이 군의 침대에 마법을 걸어 놨거든. 침대에 실린 페이 군의 무게가 사라지면 내가 알 수 있는, 그런 마법이란다."

"마법을 왜 이런 데다 쓰는데요?! 지금 당장 해제해 주세요!"

"아잉~ 싫어~."

"애교 부리셔도 소용없거든요!"

"어쩔 수 없네~."라고 말한 라나가 페이의 침대에 손을 댔다.

그러고는 무언가를 중얼거리는가 싶더니, 하얀 빛이 침대를 감쌌다.

"자, 이제 됐지?"

"에휴, 라나 씨도 참…….."

아침의 나른함도, 불과 조금 전까지 페이를 좀먹고 있던 졸음도, 이 대화를 주고받는 동안 거짓말처럼 날아가 버렸다.

"응, 샤워하러 갈 거지? 얼른 하고 와."

페이가 옷 안에 바람을 보내 땀을 말리는 모습을 본 라나가 말했다.

페이 또한 처음부터 그럴 생각이었기에 딱히 거절할 이유도 없었다.

권유받은 대로 샤워하러 가려고 했던 페이였지만, 라나의 뺨이 살며시 실룩이는 걸 알아차리고는 문득 무언가를 떠올린 듯 말했다.

"엿보지 마세요."

페이 또한 역시나 한창때의 나이였다. 아무리 어머니 같은 존재라고는 해도 여성에게 자신의 알몸을 보이는 건 부끄러웠다.

그렇게 중얼거린 순간, 라나의 뺨이 굳어졌다.

"……."

"엿보지…… 않을 거죠?"

페이는 아무 대답 없이 침묵으로 일관하는 라나의 모습에 불신감을 느끼며 혹시나 싶어 같은 말을 거듭했다.

"으, 응⋯⋯."

"왜 눈을 돌리는 건데요!"

하지만 라나의 말과 행동은 페이의 불안만 부추길 뿐이었다.

불신감만 드는 페이였는데 이어지는 라나의 말이 그 불신감을 확고하게 만들었다.

"아하, 이제야 알겠어! 말로만 그런 척하는 거 맞지? 그 왜, 실은 봐 주었으면 싶은 그거."

"말로만 그런 척하는 것도 아니고, 봐 주었으면 하는 것도 아니거든요! 좋아요. 그럼 입구를 마법으로 막죠."

"너, 너무해⋯⋯. 이게 사람들이 말하는 소위 반항기라는 걸까. 흑⋯⋯."

"그게 아니에요!"

"나랑 처음 만났던 6년 전에는 같이 목욕도 했었는데⋯⋯."

"──윽, 그게 대체 언제 적 얘긴데요! 나 참, 갔다 올게요!"

너무나도 부끄러웠던 페이는 라나로부터 고개를 돌리고 도망치듯 급히 샤워실로 향했다.

그런 자신을 떠나보내는 라나가 마치 못된 장난이라도 꾸미는 듯한 웃음을 짓고 있다는 사실도 모른 채 말이다.

"후우, 기분 좋다⋯⋯."

지금 페이가 있는 샤워실에는 물소리밖에 들리지 않았다. 아까 있었던 소동이 마치 거짓말 같았다.

사실 조금 전까지만 해도 라나가 입구에서 소란을 피웠었다.

왜냐하면 페이가 발동한 땅의 초급 마법 【클레이 실드】가 입구를 막고 있었기 때문이다.

아침의 소동으로부터 가까스로 해방된 페이의 입에서 긴장이 풀린 목소리가 나오는 것도 당연했다.

"그나저나 라나 씨는 오늘따라 더 기분이 좋아 보이시던데. 또 성가신 일이 일어나지 않으면 좋으련만……."

샤워하면서 차분해진 덕분인지 아까보다 냉정해진 머리로 오늘 아침 라나가 보인 모습을 분석한 페이는 무심코 그런 걸 걱정했다.

지금까지 경험상 라나가 기운이 넘치는 날치고 무사히 넘어간 적이 없었기 때문이다.

하지만 그런 건 생각도 하기 싫었던 페이는 평소대로의 라나 씨였다고 애써 스스로를 타일렀다.

샤워를 마친 후 물기를 수건으로 닦고 옷을 입은 페이는 식사 준비를 마친 라나가 기다리고 있는 거실로 향했다.

거실에 다가갈수록 좋은 냄새가 페이의 콧속을 간질였다.

페이는 의기양양하게 거실에 들어갔다.

그리고 거실 탁자 위에 늘어선 먹음직스러운 아침 식사를 보고 진심으로 기뻐했지만, 탁자 너머 쪽을 쳐다보고는 표정이 굳어져 버렸다.

그곳에는 마치 다람쥐처럼 뺨을 빵빵하게 부풀린 라나가 의자에 앉아 기다리고 있었다.

"저, 저기~, 라나 씨?"

"홱!"

페이는 가급적 라나를 자극하지 않게끔 조용히 의자에 앉아 머뭇머뭇 말을 걸었지만, 라나는 그런 반응을 보였다.

페이를 거부하고 있다는 건 명백했다. 목 돌아가는 소리를 굳이 말로 표현한 건 덤이었다.

"혹시, 화나셨나요?"

답은 알고 있지만 그래도 묻지 않을 수 없었다.

"딱히. 정말로 입구를 마법으로 막은 건, 하나도, 전혀, 요만큼도 화나지 않았는걸!"

"아니, 엄청 화내고 계시잖아요…….."

후우……. 페이는 난처하다는 듯 한숨을 쉬었다.

어떻게 기분을 풀어 줘야 하려나.

그런 생각을 하면서 여전히 삐친 아이처럼 뺨을 부풀리고 있는 라나를 보니, 꼭 작은 동물 같아서 귀엽다는 생각이 들었다.

"──윽! 그, 그런 소리를 해 봤자 용서 안 해 줄 거야!"

"어, 제가 말로 했었나요?!"

"꼭 작은 동물 같아서 귀엽──."

"그만하세요! 굳이 얘기 안 해 주셔도 된다고요!"

"나를 괴롭힌 벌이야!"

페이는 생각지도 못한 자신의 추태에 빨갛게 된 얼굴을 오른손으로 가렸다.

라나는 그런 페이의 모습을 보면서 한 방 먹였다는 듯한 표정을 지어 보였다.

몹시 흡족한 모양이었다.

"자, 얼른 먹자."

라나는 지금의 대화를 통해 기분이 풀렸는지 페이에게 식사를 들도록 권했다.

알았다고 대답한 페이는 탁자 위에 놓인 요리로 눈을 돌렸지만, 그 뺨은 아직 살짝 불그스름하게 달아오른 상태였다.

탁자 위에 놓인 아침 식사.

수제로 만든 빵과 샐러드, 그리고 스튜.

그리고 라나 특제의 과일 주스.

스튜에서 김이 모락모락 피어올랐고, 말랑말랑한 빵에 살며시 발린 구수한 버터 냄새가 식욕을 자극했다.

목제 숟가락으로 스튜를 떠서 한 입 먹어 보았다.

"음, 맛있어."

솔직한 소감이 페이의 입 밖으로 흘러나왔다.

라나가 한 요리는 맛있다.

그건 6년 동안 함께 살아온 페이가 늘 느끼던 것이었다.

그 영향을 받은 페이 또한 라나에게 요리하는 법을 배웠다.

때문에 요즘에는 교대로 식사를 만들었는데…….

"그나저나 어젯밤엔 무슨 꿈을 꿨니?"

"엑?!"

라나가 느닷없이 어젯밤에 꾸었던 꿈 얘기를 꺼내자 페이는 몸이 굳어졌다.

페이의 입장에서는 그 꿈은 조금도 달갑지 않았을뿐더러, 다른 사람에게 말하고 싶지 않은 내용이었다.

"아니, 딱히 별다른 뜻은 없어. 다만 가위에 심하게 눌린 것 같아 보이길래……."

라나가 자신을 쳐다보는 눈에서 진심으로 걱정하고 있음을 느낀 페이는 입가를 살며시 풀며 입을 열었다.

"라나 씨랑 처음 만났을 때 그 숲에서 일어났던 일이 꿈에 나왔어요."

"그, 그러니……."

"지금은 뭐 딱히 신경도 안 쓰는걸요. 벌서 6년도 더 된 일이니까요."

"……."

두 사람 사이에 거북한 분위기가 깔렸다.

페이는 딱히 신경도 안 쓴다고 말했지만, 그건 거짓말이었다.

그리고 그 사실을 라나는 잘 알고 있었다.

두 사람은 한동안 아무 말 없이 식사를 계속했다.

그러던 도중에 문득 라나가 옆에 놓아두었던 봉투를 쳐다보더니 페이에게 말을 걸었다.

"있지, 페이 군."

"네……? 왜 그러세요?"

"만약에, 지금 보넷 가문 사람들과 만난다면 어떡할 거니?"

"왜 갑자기 그런 얘기를 하시는 건데요?"

요 6년 동안 그 얘기가 화두에 올랐던 적은 거의 없었기에 거의 반사적으로 반문하고 말았다.

"아니, 딱히 별다른 뜻은 없어."

라나가 무언가를 숨기는 듯한 투로 말하자, 페이는 신경이 쓰였다.

오른손에 쥔 숟가락에 힘이 저절로 실렸다.

"아무것도 안 할 거예요."

"아무것도 안 하다니?"

잠시 후에 페이의 입에서 나온 대답은 라나의 입장에서는 너무나도 맥 빠지는 말이었다.

라나는 숟가락을 놓고 페이를 진지한 표정으로 쳐다보았다.

페이는 그 시선을 받으며 라나를 마주 보더니 다시금 입을 열었다.

"네, 아마도 그 무렵과 마찬가지로 서로 신경도 안 쓰는 관계가 될 거예요. 일단 제가 먼저 접촉할 마음은 없어요. 저는 약하니까 편한 쪽을 택할 거예요."

페이는 쓴웃음을 지으며 그렇게 말했지만, 라나는 그 얼굴에 왠지 모를 분노와 슬픔이 섞여 있는 듯한 느낌이 들었다.

"약하단 말이지……."

"네……?"

"페이 군, 네가 5년 전에 얻은 힘으로 복수할 마음은 없니?"

아하……. 페이는 왠지 모르게 납득이 간 표정을 지으며 천장을 올려다보았다.

라나와 페이가 처음 만난 건 6년 전.

그리고 라나는 페이가 힘을 얻은 건 5년 전이라고 말했다.

그렇다. 페이가 다섯 제왕수와 만난 건 라나와 함께 지내고 1년이 지난 뒤의 일이었다.

그리고 페이가 다섯 제왕수와 계약한 것도 마침 그 무렵이었다…….

──복수……라.

페이는 속으로 그 말을 곱씹었다.

그러고 보니…… 페이는 이 집에 오게 되었을 무렵의 일을, 라나와 만났을 무렵의 일을 떠올렸다.

힘이 있으면, 힘만 있으면 그들에게 되갚아 줄 수 있다. 굴복시킬 수 있다.

자신을 버린 그 인간들에게── 복수할 수 있는데!

그런 생각만 하고 살았었지……. 그렇게 생각했더니 신기하게도 웃음이 나왔다.

그 웃음이 자조에서 나온 것인지는 페이 본인 스스로도 알 수 없었다.

하지만 지금은, 적어도 지금은 그런 생각을 하지 않았다.

왜일까…… 그 해답은 더 생각할 것도 없이 페이의 입 밖으로 나왔다.

"전 지금 생활에 만족하거든요."

"어?"

라나가 화들짝 깜짝 놀란 표정을 지었다.

"그들이 저를 버린 덕분에 라나 씨랑 만났으니까요."

"──읏! 그, 그러니."

페이는 살짝 멋쩍어하는 라나의 모습을 보면서 진심으로 그리 생각하고 있다고 미소 지었다.

라나와 함께한 6년이 있었기에 복수에 얽매이지 않고 살 수 있었다.

"그, 그런데, 페이 군. 오늘 아침 식사 당번은 사실 페이 군이었는데."

"아, 그러네요! 죄송해요!"

페이는 오늘 아침 식사 당번이 자신이었음을 떠올리고는 라나에게 떠맡긴 걸 사과했다.

라나는 고개를 숙인 페이의 모습을 보면서, 오늘 아침처럼 못된 장난이라도 꾸미는 듯한 표정을 지었다.

"아, 그건 됐어. 그럼 대신에 내 부탁 하나만 들어줄래?"

"아, 네. 그럴게요. 딱 하나만이에요?"

애초에 자신이 잘못했으니, 하나 정도라면……. 페이는 라나의 제안을 별생각 없이 받아들였지만 곧바로 후회하게 되었다.

"그래? 다행이야. 그럼 정령 학교에 입학해 주지 않을래?"

"네?"

"……."

"……."

"……."

"그게, 무슨 말씀인가요, 라나 씨."

"이제 와서 왜 그래~. 내 부탁 들어주는 거 아니었니?"

"아니, 그거랑 이거랑은 얘기가……."

'아, 네. ……그럴게요. 딱 하나만이에요?'

방 안에서 아까 라나의 제안을 받아들인 페이의 발언이 흘러나왔다.

"거봐, 네 입으로 분명히 말했잖니."

"아니…… 바람의 초급 마법 【사운드 메모리】를 이런 데다 쓰실 줄은 몰랐네요. 뭐, 사실 이 마법은 이런 데 말고는 써먹기 힘들긴 하지만 말이죠. 아니, 그건 그렇고 대체 어느 틈에 마법을 쓰신 건데요?"

"훗후~웃, 언질은 받았어!"

──바람의 초급 마법 【사운드 메모리】.

공기의 떨림에 의해 발생하는 소리를 바람으로 녹음함으로써 음성을 보존할 수 있는 마법이다.

이번처럼 꼬투리를 잡는 것 말고는 딱히 사용할 방도가 없기 때문에 이 마법을 습득한 사람은 대체로 속이 시꺼먼 사람밖에 없다.

"아, 입학 시험은 안 봐도 돼. 이미 서류 심사에서 합격했거든."

"네? 그래도 괜찮나요?"

정령 학교는, 말하자면 인류가 보유한 최후의 보루나 마찬가지였다.

그 입학 심사가 그렇게나 간단해도 되는 걸까.

페이는 그런 의문을 느꼈다.

"서류 심사에는 페이 군이 지금 쓸 수 있는 마법 종류와 위력 등을 쓰거든? 네 또래 중엔 너보다 뛰어난 술사는 거의 없을 거야. 합격이야 따 놓은 당상이지."

"그건 지나친 평가예요. 그런데 만약 그 서류에 적힌 게 거짓일 경우에는 어떻게 되나요?"

만약 미숙한 자가 정령 학교에 입학하려고 자신이 쓸 수 없는 마법을 쓸 수 있다고 서류에 적거나 그 위력을 속이면 어떻게 되는가, 페이는 그 부분이 마음에 걸렸다.

지금 들은 얘기대로라면 그 방법을 통해 쉽게 입학할 수 있다.

그렇다면 입학 시험은 아무런 의미도 없지 않은가.

그런 걱정을 담은 페이의 질문에 라나는 쓴웃음을 지으며 대답해 주었다.

"그런 짓을 저지르는 사람은 없어. 서류 심사로 통과한 사람은 입학 후에 따로 시험을 봐서 심사를 받으니까, 부정 입학을 했어도 곧바로 들키거든. 게다가 부정 입학은 무거운 죄야. 그런 멍청한 짓을 저지를 사람은 없어."

"그런가요……."

이해할 수 있을 것도 같고 아닌 것도 같다.

페이는 그런 미묘한 표정을 지으며 숟가락을 쥐었다.

"아, 그리고 넌 E반에 입학하기로 되어 있어."

"어, E반이라고요?"

"아, 참. 그러고 보니 넌 정령 학교의 반 제도가 어떤 식인지 몰랐지."

"아, 네."

페이는 자신이 정령 학교에 갈 거라곤 꿈에도 몰랐다. 모르는 게 당연했다.

라나는 반 제도를 설명했다.

"먼저, 13세가 되면 정령 학교에 입학할 자격이 생기는 걸 알고 있지?"

"네, 그 정도야 뭐……. 13세가 된 자는 입학 시험을 볼 수 있죠?"

"그래, 맞아. 그런데 정령과 계약한 정령술사는 귀중한 인재이기 때문에 거의 대부분 합격해. 이따가 더 자세히 설명할 테지만, 사실 서류 심사만 보고 들어가는 사람은 거의 없어. 다들 더 좋은 반에 들어가려고 하거든."

"더 좋은 반, 말인가요?"

그 말이 마음에 걸렸던 페이였지만, 라나가 이따가 더 자세히 설명해 주겠다고 했기에 잠자코 얘기를 마저 듣기로 했다.

"그리고, 마술사 말인데……."

"네……?"

라나가 왠지 모르게 말을 머뭇거리기 시작했다.

그러고는 페이를 지그시 쳐다보더니, 후우…… 하고 한숨을 쉬며 입을 열었다.

"마술사와 정령술사의 사회적 지위가 얼마나 차이 나는지는 알고 있니?"

"네? 아뇨……."

"마법과 정령 마법은 위력이 하늘과 땅 차이라는 건 알고 있지? 그와 마찬가지로 마술사와 정령술사 한 사람이 가진 힘에도 큰 차이가 있어. 여기까지 얘기하면 너도 대략적으로 알겠지? 네가 보넷 가문에서 죽을 뻔했던 이유도…… 바로 여기에서 비롯된 거니까."

"——?!"

"마술사는 정령술사를 이길 수 없어. 이건 일반 상식이야. 물론 상대가 나이 어리고 미숙한 정령술사라면 마술사라도 이길 수 있지. 하지만 연령대가 비슷하다면 그 힘의 차이는 도저히 뒤집을 수 없어. 그렇기에 마술사의 지위는 정령술사보다 한참 낮지."

"뭐라고 말해야 좋을지 모르겠지만, 영 마음에 안 드네요."

자신이 가족에게 버림받은 이유가 그 일반 상식이므로, 페이는 깊은 분노를 느꼈다.

하지만 마술사라는 이유만으로 죽이려는 경우는 좀처럼 없다. 어디까지나 보넷 가문이 특수한 사정이었을 뿐이다.

그래도 경시당하는 건 사실이었다.

"아까 말했던 그 반 제도에 대해 설명하자면, 이제 갓 정령 학교에 입학한 1학년에는 A반부터 E반까지 총 다섯 개 반이 있어. 그리고 그중 네 개 반, A반부터 D반이 정령술사가 속한 반이고 나머지 E반이 마술사 반이지. 정원은 한 반당 30명이지만, 정령술사의 경우 30이라는 숫자는 어디까지나 표준일 뿐이고 실제로는 30명을 넘는 반도 있어. 한마디로 인원수에 제한이 없다는 말이지."

"그것도 엄청 불평등하네요."

정령술사의 정원에는 제한이 없으며, 정령술사는 쉽게 입학할 수 있다.

반면에 마술사는 불과 30명뿐.

그 차이는 명백했다.

"그리고 2학년부터 졸업할 때까지, 다시 말해 6학년까지는 추가로 S반이 있어."

"S반이요?"

"1학년 마지막에 보는 시험에서 성적 상위 20명만 들어갈 수 있는 반이야. 뭐, 인원은 1년 단위로 바뀌지만 말이야. 어쨌거나 다들 눈에 불을 켜고 이 반에 들어가려 하고 있어."

"어째서죠? 상위 20명에 속하는 건 분명 대단하긴 한데, 그렇게까지 S반에 목맬 것까지는 없지 않나요?"

"S반으로 졸업하면, 명성과 그에 상응하는 지위를 받거든. 그리고 S반에는 마술사도 들어갈 수 있어. 뭐, 지금까지 S반에 들어간 마술사는 한 명도 없었지만."

"뭐, 제가 들어갈 E반과, E반에 들어가게 되는 이유는 대강 알겠어요."

"그래. 넌 현재 계약 정령을 봉인한 상태야. 그러니까 마술사로서 정령 학교에 입학해야 하지."

페이는 이해했다는 표정을 지으며 고개를 떨구었다.

E반에 들어가게 되는 이유를 이해함으로써 의문이 해소된 페이의 머릿속에 문득 아까 라나가 했던 말이 스쳐 지나갔다.

"그렇군요. 그래서 그런 질문을……."

"응?"

"보넷 가문 사람들과 만나면 어떡할 건가, 아까 그렇게 물으셨잖아요. 제가 정령 학교에 간다면……."

"그래. 네가 정령 학교에 입학하면 보넷 가문 사람과 만날 가능성이 커. 그래서 물어봤던 거야. 내가 사랑하는 아들이 범죄자가 되는 건 바라지 않으니까."

"그럼 왜 굳이 그런 위험 부담을 무릅쓰면서까지 저를 정령 학교에 입학시키려고 하시는 건가요?"

"그녀들의 봉인을 풀 계기를 얻기 위해서야."

"──!"

다섯 제왕수를 봉인한 그날부터 줄곧 도망치며 똑바로 마주하는 걸 두려워해 왔던 페이에겐 전혀 달갑지 않은 말이었다.

그날 있었던 일은 떠올리기도 싫었다.

자신의 미숙함 때문에 정령이 폭주하여 라나에게 상처를 입히고 말았던 그때 일을 말이다.

하지만 그 얘기를 애써 외면하려 하는 페이를, 라나는 진지한 표정으로 쳐다보았다.

그 눈빛에서는 페이로 하여금 이 문제를 외면하지 못하게 하는, 그런 의지가 느껴졌다.

"난 신경 안 쓴다고 했잖니. 계속 틀어박혀 그녀들을 봉인하고 있으니까 잠시 밖으로 나가 기분이나 풀고 오라는, 내 다정한 배려란다."

"하지만, 저는 라나 씨를……."

"신경 안 쓴다고 했잖아! 어쨌거나 정령 학교에 가! 알았지?"

"네……."

이때 마음만 먹었다면 충분히 거절할 수 있었을지도 모른다.

하지만 거절하고 싶은 생각은 들지 않았다.

이유는 알 수 없었다.

페이는 자신의 전혀 다른 두 생각 속에서 고뇌하며 고개를 떨구었고, 라나는 자애로운 미소를 지으며 그런 페이의 머리를 쓰다듬어 주었다.

그러고는 그대로 스튜를 권했다.

다시금 두 사람의 조용한 아침 식사가 시작되었다.

하지만 그 조용함은 아까의 포근함과는 전혀 다른 느낌이었다.

제3화 입학

"여기가 바로 정령 학교인가…….."

페이는 눈앞에 우뚝 선 문과 그 안쪽에 보이는 건물을 바라보며 그렇게 중얼거렸다.

이곳은 아르만드 왕립 정령술사 교육 전문학교다.

페이는 그 정문 앞의 벽돌로 포장된 길에 서 있었다.

정령 학교라 불리는 시설은 각 나라마다 하나씩 존재한다.

세계 대전이 끝난 뒤에 인류 국가가 맺은 조약, 인류 공동 통일 전선 조약에 의거해 정령 학교를 의무적으로 설립했기 때문이다.

정령 학교를 운영하는 데는 많은 자금과 인재, 부지 등이 필요하다.

때문에 이 조약이 체결될 당시에는 가난한 소국 등지에서 반발이 일어나지 않을까 우려하는 자도 있었다.

하지만 실제로는 그렇지 않았다.

오히려 국가 예산의 절반 이상을 정령 학교 운영 예산으로 쓰는 나라나, 정령술사 육성 특별세 같은 조세 제도를 만들어 그 자금으로 운영하는 나라도 있을 정도였다.

그만큼 각국은 술사를 육성하는 데 혈안이 되어 있었다.

자국이 마법 등으로 공격당했을 때 방위할 수단이 필요하기 때문이다.

하지만 실상 가장 큰 이유는 따로 있었다. 인류 공동 통일 전선 조약의 조항 중에는 마족을 완전히 격퇴한 후에 이 조약의 효력을 파기하기로 한 취지의 내용이 있다.

마족을 멸망시킨 날에는 각국의 불가침 조약이 파기되고 각국 간의 정전 상태는 해제된다. 다시 말해, 같은 인류를 대상으로 얼마든지 전쟁을 벌일 수 있다는 뜻이었다.

요컨대 각국은 마족을 멸망시킨 뒤, 다른 주변 나라들을 침공할 전력을 확보하기 위해 우수한 술사를 육성하는 데 나라의 총력을 기울이고 있는 것이다.

물론 침공당하지만 않으면 문제는 없다.

그렇기에 인류 사이의 전쟁이 일어날 때 자국이 유리한 고지를 점하기 위해서 지금도 국가 사이의 동맹 체결 교섭이 보이지 않는 곳에서 진행되고 있었다.

정령 학교의 재학 기간은 1학년부터 6학년까지 총 6년이며, 13세가 되면 입학 자격을 얻는다.

졸업 후에는 왕궁에 속해 소위 말하는 왕궁 술사가 되거나 군대에 입대하는 등 진로는 다양하다.

"그나저나 정말 넓네. 이거 보나 마나 길을 잃을 것 같은데."

페이는 간신히 발을 내디디며 커다란 문을 통과해 들어갔다.

그곳에는 학교 건물로 이어지는 큰길 하나가 있었다.

이 길도 문 앞에 난 길과 마찬가지로 벽돌로 포장되어 있었기에 걸을 때마다 구두에서 또각또각 하고 기분 좋은 소리가 났다.

페이는 그런 기분을 느끼면서, 길 양쪽에서 분홍색 꽃을 피우고 있는 가로수를 바라보며 곧장 앞으로 발걸음을 옮겼다.

학교 건물에 다가갈수록 사람이 늘어났다.

페이와 마찬가지로 새 교복을 입은 그들의 얼굴에는 새로운 생활에 대한 온갖 감정이 드러나 있었다. 하지만 긴장한 학생은 주로 평민 출신 같았고, 귀족은 의연한 태도로 서 있었다. 뭐, 자신이 대단하게 보이게끔 그냥 폼 잡고 서 있는 것처럼 보이기도 했지만 말이다.

페이는 그런 동기 학생들을 보다가 문득 한 가족을 발견했다.

"──!"

지금까지 싱그러운 광경을 바라보던 페이는 그 가족들의 모습에서 눈을 뗄 수가 없었다.

알고 있는 얼굴이었기 때문이다.

그렇다. 페이의 원래 가족…… 보넷 가문 사람들이었다.

아버지, 알렉스 보넷.

어머니, 아디 보넷.

누나, 세실리아 보넷.

여동생, 에리스 보넷.

남동생, 브람 보넷.

칠대 공작가에 속하는 보넷 가문.

주변 사람들도 누구인지 알아보고 하나같이 선망의 눈길로 그

들을 바라보았다.

그들을 바라보는 건 페이도 마찬가지였지만, 그 시선에 담긴 건 선망이나 질투의 감정과는 전혀 달랐다.

"그럼 난 학생회 일이 있어서 이만 가 볼게."

살짝 웨이브진 검은 머리와 큰 키가 어우러져 어른스러운 분위기를 자아내는 세실리아 보넷이 동생들에게 그렇게 말했다.

"알았어. 그러고 보니 누나는 부회장이었던가?"

"맞아. 그리고 부탁이니까 말썽 피우지 마."

"걱정 말래도."

브람은 누나인 세실리아의 말을 받아넘겼다.

검은 머리는 군데군데 삐죽 솟았고, 어딘가 다가가기 힘든 분위기를 자아내는 브람이었지만 역시 페이의 모습이 묻어났다.

그런 브람에게 세실리아란 인물은 뛰어난 두뇌와 단정한 외모를 가진 데다가 3학년이면서 이 학교의 부회장 자리를 맡고 있는, 말하자면 자랑스러운 누나였다.

"에리스, 이만 가자!"

"으…… 으응."

브람의 쌍둥이 여동생인 에리스가 자그마한 목소리로 대답했다.

세실리아와는 달리 어깨 언저리까지 내려온 검은 머리와, 자그마한 그 체구는 내성적인 에리스의 성격을 그대로 드러냈다.

내성적인 성격 탓에 조용한 에리스였으나, 정령술사로서 브람보다 솜씨가 더 나으면 나았지 결코 뒤지지 않았다.

뭐, 브람 본인은 자신을 이길 자는 없다고 여기고 있지만.

"그럼 난 먼저 어머니와 강당에 가 있겠다."

"에리스, 브람, 조심하렴."

"네에 네에."

"네, 어머님, 아버님……. 이따가 봬요."

브람과 에리스는 알렉스와 아디와 헤어졌다.

부모님을 보다가 문득 브람의 머릿속에 또 한 사람의 가족이 떠올랐다.

그건 6년도 더 전의 일로, 아마 살아 있으면 지금쯤 자신과 같은 학년이었을 것이다.

떠올린 사람은 자신의 죽은 친형이었다.

브람의 형은 4월에 태어났고, 브람과 에리스는 이란성 쌍둥이로 3월에 태어났다.

형의 마법 실력은 일품으로, 부모님의 기대를 한 몸에 받으며 자기보다 더한 애정을 받았다.

브람은 그런 형을 질투했다.

그렇기에 형…… 페이가 정령 계약에 실패했을 때는 진심으로 기뻤다.

브람은 지금은 죽고 없는 형을 생각하다가 6년 전 그날 밤에 있었던 일을 떠올렸다.

——6년 전.

"알렉스, 긴히 할 얘기란 게 뭐야?"

보넷 가문의 저택 내부에 있는 어느 방.

진홍색 융단이 바닥에 깔려 중후한 분위기를 자아내는 그 방에서 알렉스와 아디가 대화를 나누었다.

"페이에 관해서 말인데……."

"페이에 관해서?"

정령 계약에 실패한 이후로 방치해 두었던 아들의 이름이 나오자 아디는 살짝 당혹감을 느꼈다.

"알고는 있겠지만, 페이는 더 이상 정령술사가 될 수 없겠지."

"그건 그래. 정령 계약에 실패했으니까."

"하지만 페이는 이 보넷 가문의 장남이지. 다시 말해, 차기 당주란 말이다. 마술사인 페이가……!"

알렉스의 말에 힘이 실렸다. 그토록 굴욕적이었던 걸까.

"하, 하지만, 다른 사람을 차기 당주로 삼아도 크게 상관은 없잖아? 예를 들어, 브람이나 세실리아도 괜찮을 텐데?"

"폐하나 다른 공작가를 비롯한 제후들에게 페이를 차기 당주로 삼지 않은 이유를 대체 뭐라고 설명하란 말이야. 마술사라서 그랬다고, 그렇게 설명하란 말인가? 그게 바로 수치가 아니고 뭐냔 말이다!"

"그럼 어쩔 건데? 이대로 마술사에게 당주 자리를 물려주면 공작 지위를 박탈당하게 될지도 모르잖아?"

알렉스는 아디의 말을 듣고 나서, 피곤한 모양인지 뒤에 놓여 있던 소파에 몸을 실었다.

그러고는 손을 머리에 대고 고민에 잠겼다.

"페이 그놈은 처음부터 태어나지 말았어야 했어……."

그런 대화를, 브람은 방 밖에서 듣고 있는 중이었다.

그는 페이가 걸리적거린다는 부모님의 말을 듣고 희열에 잠겼다.

"브람 님……."

"──윽!"

문에 귀를 대고 숨을 죽이던 브람은 갑자기 뒤에서 자신을 부르는 목소리에 깜짝 놀랐다.

뒤돌아보니, 그곳에는 친숙한 얼굴이 있었다.

"아르만……."

아르만 보스웰.

보넷 가문의 분가를 통솔하는 분가의 수장이었다.

본디 분가란 본가에 흡수된 귀족 가문을 일컫는 말이다.

칠대 공작가인 보넷 가문의 분가는 많았기에 그 수장만 해도 상당한 권력을 가지고 있다.

아르만이 보넷 가문 본가에서 차지하는 위치는 표면상 집사에 해당했지만, 실제로는 당주나 그 직계에 버금가는 권력을 가지고 있었다.

"아니, 이건……."

몰래 엿듣고 있는 모습을 발각당한 브람이 횡설수설했지만, 아르만은 그 모습을 보고는 수상쩍은 미소를 지으며 입을 열었다.

"브람 님, 줄곧 듣고 계셨다면 알고 계시리라 봅니다만, 알렉스 님과 아디 님께서는 페이 님의 처우로 몹시 난처해하십니다."

"그, 그래. 그런 것 같더라고."

그 말의 진의를 헤아리지 못하고 맞장구를 치는 브람이었지만, 불쑥 가까이 다가온 아르만에게 경계심을 품었다.

"브람 님께서는 어떻게 생각하시는지요?"

"어떻……게라니, 그게 무슨 말이지?"

"페이 님께서 어떻게 되시기를 원하십니까?"

"……."

아르만은 기분 나쁜 미소를 지으며, 어떻게 대답해야 할지 망설이는 브람에게 속삭였다.

"사라지기를 원하시는지요?"

"──읔."

"죽기를 원하시는지요?"

"그래…… 맞아. 이 세상에서 사라졌으면 좋겠어. 죽었으면 좋겠어!"

"말씀 잘하셨습니다."

브람의 대답을 들은 아르만은 한층 더 회심의 미소를 지으며 오른손 검지를 들어 올리고 이렇게 말했다.

"그럼──."

악마의 제안이 브람의 귓가에 들려왔다.

"차라리 추방하는 건 어떨까."

"추방?"

방 밖에서 아르만과 브람이 대화를 나누는 동안에도 방 안에서는 알렉스와 아디가 계속해서 대화를 이어 나가고 있었다.

"그래. 보넷 가문에서 추방하는 거지. 물론 이 저택에서도 나가야지. 하지만 페이도 일단은 공작가의 장남이니까 폐하께 보고해야만 하는데. 그래…… 폐하께는 페이가 마물의 습격을 받아 죽었다고 보고하는 게 좋겠군."

"하지만, 그 방법은 위험하지 않을까?"

"네, 위험하고말고요."

두 사람밖에 없었을 터인 방 안에 새로운 목소리가 난입했다.

그 목소리는 갑자기 열린 문밖에서 들려왔다.

"아르만…… 그리고 브람이 아니냐!"

아르만과 브람은 동요하는 알렉스와 아디는 개의치 않고서 방 안으로 들어왔다.

"가령 추방해 봤자, 어차피 살아 있으면 저희가 폐하께 허위 보고를 드렸다는 사실이 언젠가는 드러날 것입니다."

"드, 듣고 보니 그렇군……."

알렉스도 그 점은 어렴풋이 알고 있었을 것이다.

그렇다면 어찌하면 좋겠는가……. 알렉스는 아르만과 브람에게 눈짓으로 물었다.

아르만은 그 눈짓에 반응하여 브람을 쳐다보았다.

그 시선을 알아차린 브람은 마른 침을 꿀꺽 삼키며 말했다.

"죽이면 됩니다……."

""──뭣!""

알렉스와 아디가 숨을 삼켰다.

방 분위기가 삽시간에 긴박하게 변했다.

그 와중에도 아르만은 뺨이 실룩이는 걸 애써 참는 기색이었다.

그리고 알렉스와 아디가 생각에 잠긴 모습을 보다가 다시금 입을 열었다.

"알렉스 님, 그에 관한 처리라면 저희 분가에게 맡겨 주십시오. 제가 선발한 정예 요원에게 죽이라고 명령을 내리겠습니다."

"하지만……."

"뭘 망설이고 계십니까. 살려 두면 저희…… 보넷 가문에 해가 되지 않겠습니까?"

"하지만……."

여전히 망설이는 알렉스에게 브람이 쐐기를 박았다.

"아버지는 그 못난 놈에게 정말로 이 보넷 가문의 미래를 맡길 가치가 있다고 보십니까?"

"그건……."

"정령과 계약하지 못한 자에게 미래란 없습니다. 그렇죠?"

브람이 귀기 어린 모습으로 알렉스에게 말했다.

후우……. 알렉스는 그 말을 듣고 한숨을 쉬었다.

그러고는 결심을 내린 듯한 표정으로 말했다.

"아르만……."

"네, 알렉스 님."

"페이를…… 죽여라."

"넷——! 그럼 사전 준비가 있으니, 이만 물러나겠습니다."

아르만은 알렉스의 명령을 받고 방을 나섰다.

"여보……."

"브람과 아르만이 말한 대로 죽이지 않으면 훗날 보넷 가문에 해가 될 거다. 그 못난 놈과 보넷 가문 중에서 어느 쪽이 더 중요한지는 굳이 말할 것도 없겠지."

"그, 그래! 죽이면 마음 놓을 수 있겠어."

세 사람이 있는 방에서 멀어진 아르만은 아무도 없는 복도에서 문득 발걸음을 멈추었다.

복도에 아르만의 웃음소리가 드높이 울려 퍼졌다.

이리하여 페이는 분가의 손에 살해당했다.

그리고 에리스와 세실리아를 비롯하여…… 대외적으로는 페이가 숲에서 마수의 습격을 받아 죽었다고 설명했다.

그 소식을 들은 에리스와 세실리아는 당연히 울음을 터뜨렸다. 그런 둘의 모습을 본 브람은 그저 부아만 치밀 뿐이었다.

하지만 페이가 죽었다는 사실을 머릿속으로 떠올리기만 해도 희열에 잠겼다.

알렉스의, 아디의, 세실리아의, 에리스의, 주변 사람들의 기대도 애정도, 과거 페이가 가지고 있던 그 모든 것을 자신이 차지했기 때문이다.

페이는 멀어져 가는 보넷 가문 사람들을 한동안 쳐다보았다.

보넷 가문 사람들……. 과거 가족이었던 사람들을 쳐다보자 페이의 심장 고동이 가빠졌다.

페이는 가슴에 손을 대고 자기 자신을 진정시키고자 했다.

"진정해, 무시하면 돼. 어차피 이미 죽은 사람 취급이잖아. 혹여나 서로 접하게 된다 하더라도 그냥 겉모습만 비슷한 거라 둘러대면 그만이야!"

페이는 자기 자신을 타이르듯 중얼거렸다.

그리고 곧장 그들로부터 눈길을 돌려 E반 교실로 이동했다.

페이가 E반 교실에 도착해 문을 열고 안으로 들어가자 교실에 있던 학생들이 일제히 쳐다보았다. 하지만 말을 거는 사람은 한 명도 없었고, 이내 제각각 시선을 돌렸다.

새로운 생활에서의 인간관계란 원래 이런 법이다.

페이는 앞으로 어떻게 해야 할지 고민하다가 문득 교실 앞에 있는 칠판에 눈길이 갔다.

그 칠판에는 '자신의 이름이 적힌 종이가 붙은 자리에 앉아 대기하라.' ……고 적혀 있었다. 그것을 본 페이는 자신의 자리를 찾기 시작했다.

맨 끝자리부터 순서대로 둘러보던 페이가 간신히 자신의 자리를 찾고는 의자를 빼 앉으려고 했을 때였다. 앞자리에 앉아 있던 남학생이 뒤돌아보며 말을 걸었다.

"여어, 네 검은 머리 예쁜데?"

"처음 본 사람한테, 그것도 남자한테, 입을 열고 가장 먼저 한다는 말이 그거냐……."

페이는 그 말에 황당하다는 듯 어이없다는 표정을 지었다.

"이봐 이봐, 착각하지 말라고. 난 게이가 아니야. 어엿한 이성애자란 말씀."

"아니, 그런 얘길 뭘 자랑스럽게 하고 있어……."

페이는 눈앞에 있는 남학생의 분위기에 압도당해 쓴웃음을 지은 채 그렇게 대답했다.

"앗차, 내 소개를 깜빡했군. 난 게이슨 다우너. 그냥 게이슨이라 부르면 돼."

남학생은 게이슨이라 이름을 밝혔다. 방금 대화를 보면 붙임성 좋은 성격인 듯 보였다.

비교적 호리호리한 페이와는 대조적으로 체구는 살짝 컸고 몸매는 훤칠했다. 자고 일어나서 머리를 감지 않은 게 아닐까 의심이 갈 정도로 머리 곳곳에 삐죽삐죽 솟은 갈색 머리는 그런 그의 분위기와 왠지 모르게 잘 어울려 보였다.

푸른색 눈동자는 활기차게 반짝였고, 그 눈은 페이를 쳐다보고 있었다.

페이는 그 시선에 문득 자신이 이름을 밝히지 않았음을 깨닫고는 허둥지둥 자신의 이름을 댔다.

"난 페이 디르크…… 나도 그냥 페이라 부르면 돼."

"으응……? 페이?"

"왜 그래?"

"아니, 어디서 들어 본 이름 같아서……. 기분 탓인가?"

게이슨은 그렇게 말하며 잠시 생각에 잠겼고, 페이는 화제를 돌리고자 농담을 건넸다.

"그나저나, 게이……슨이라."

"야, 이 자식아! 게이를 강조하지 마!"

"아, 미안 미안."

페이는 웃으며 사과했다. 자기 앞에 앉은 사람이 대화하기 편한 사람인 듯싶어 내심 다행이라는 생각이 들었다.

"그나저나 너 그거 아냐?"

"응? 뭘?"

"이 학교 학생회장과 부회장이 그렇게나 예쁘다던데! 나중에 입학식 때 인사한다나 봐. 이거 기대되는데~? 몸매라든가, 온통 굉장하다는 얘기밖에 없더라고!"

"그, 그렇구나……."

페이는 대체 어느 틈에 그런 정보를 입수한 건지 궁금했지만, 구태여 물어보지는 않기로 했다.

그렇게 둘이서 쓸데없는 얘기로 잡담을 나누고 있을 때였다. 갑자기 옆에서 누군가가 말을 걸었다.

"아~ 진짜 한심해. 남자라는 생물은 어째서 그런 것밖에 관심이 없는 거람."

"앙? 너 뭐야, 이 자식아. 지금 시비 거는 거냐?!"

"어머, 다 들렸니? 귀 하나는 좋은가 봐?"

"이, 이 자식이……."

두 사람은 아마도 초면일 것이다. 페이는 그런 두 사람을 보면서 도대체 뭘 어떻게 해야 대화 첫마디부터 싸움이 벌어지는지 신기했다.

"아, 난 아이리스 메리. 그냥 이름으로 불러도 돼, 페이 군!"

"아, 그래. 잘 부탁해, 아이리스."

갑자기 자기에게 말을 걸어서 당황한 페이였지만, 방금 게이슨과 대화를 나누는 동안 긴장이 어느 정도 풀어져서 그런지 즉각 대답이 나왔다.

눈앞에 있는 여학생, 아이리스는 활발하고 기가 센 성격으로 보였다. 흔히들 말하는 운동 소녀 같다는 느낌이었다.

하지만 운동 소녀 같다고 해도 피부는 별로 그을리지 않았다. 굳이 따지자면 흰색에 가까운 듯 보였다.

화염을 연상케 하는 붉은 머리는 포니테일로 묶었고, 머리색과 마찬가지로 붉은 눈동자는 가넷과도 같았다. 몸매는 늘씬하지만 나올 곳은 나오고 들어갈 곳은 들어가 있었다.

"야, 지금 날 무시하는 거냐!"

자기를 무시하고서 페이와 대화를 나누는 아이리스에게 분노한 게이슨은 아이리스에게 따지고 들었다.

아이리스는 그런 게이슨이 걸리적거린다는 듯 피하더니 경멸하듯 말했다.

"그런 상스러운 소리나 하는 남자랑은 말 섞기 싫거든?"

"상스럽긴 뭐가 상스럽다는 거야. 남자라면 보통 그런 생각이 들기 마련이라고! 나 원 참…… 하긴 여자가 남자의 낭만을 어찌 알겠어? 안 그래?"

게이슨은 페이에게 동의를 구하는 듯 눈짓하지만, 막상 그 눈짓을 받은 당사자는 쓴웃음만 지을 뿐 대답을 피했다.

"그런 낭만은 알기도 싫어! 그치?"

이번에는 아이리스도 페이에게 마찬가지로 동의를 구했다.

이때 페이는 어렴풋한 예감이 들었다.

앞으로 보내게 될 학교생활에서 자신은 이런 식으로 두 사람 사이에 끼이게 될 것만 같은…… 그런 예감이.

"뭐야?!"

"뭐!"

"너희 둘 다…… 이제 그만해."

페이는 어딘가 피곤한 기색으로 두 사람을 달랬다.

그 말을 들은 두 사람은 서로 거리를 두더니 이렇게 말했다.

"칫, 뭐, 페이를 봐서라도 이번만큼은 넘어가 주지."

"어쩔 수 없지……. 용서해 줄게."

애들은 정말 초면 사이가 맞는 걸까.

도저히 처음 만난 사이라고는 믿기 힘들 만큼 스스럼없는 대화에 페이의 마음속에서 그런 의문이 부글부글 끓어오르며 팽창했다.

그때 아이리스가 문득 무언가를 떠올린 듯 말했다.

"그러고 보니 페이 군의 이름은 어디서 들어본 것 같은데~."

"아, 나도."

"그, 그래~? 그런가아? 그냥 기분 탓이 아닐까 싶은데!"

"으음~ 그런가?"

페이는 굳어진 표정으로 어떻게든 얼버무리려고 했으나 이 두 사람을 상대로는 얼버무리기가 힘들 것 같았다.

그때, 때마침 구세주가 나타났다.

"아, 선생님이 오셨어! 이만 자리에 앉는 게 좋을 것 같은데."

"알았어……."

아이리스는 심드렁하게 대답하며 자기 자리로 돌아갔고, 게이슨은 앞으로 몸을 틀었다.

어쨌거나 방금 그 상황을 얼버무리는 데 성공했다.

페이는 유년기에 보넷 가문 당주인 알렉스가 연 파티에 곧잘 참석하곤 했다.

알렉스가 파티를 연 주된 이유는 신동이라 불리는 페이를 자랑하기 위함이었다.

입만 열면 페이를 칭찬했기에, 페이의 이름은 다른 귀족들 사이에서도 유명해졌다.

자기 자식을 꾸짖기 위한 구실로 페이의 이름을 들먹인 경우도 종종 있었다고 한다.

"보넷 가문의 페이라는 애는 너랑 나이도 똑같은데 벌써 중급 마법을 쓸 수 있다더라! 그런데 너란 녀석은……!"

이런 식으로 말이다.

그 외에도 보넷 가문 영지의 평민들은 평소 평민을 생각하는 페이를 연신 칭송했기에, 페이의 이름이 다른 영지의 백성들 귀에 들어가기도 했다.

젊은 남자 교사가 교탁 위에 섰다.

교사는 교실을 둘러보며 학생 한 사람 한 사람의 얼굴을 확인하더니 칠판에 자신의 이름을 적으며 자기소개를 시작했다.

"내가 E반의 담임, 아론 가비알이다. 다들 알다시피 여기 E반 학생들은 모두 마술사지. 그리고 나 또한 너희와 마찬가지로 마술사고. 앞으로 잘 부탁한다."

그러자 학생들 모두가 "잘 부탁드립니다."라고 인사했다.

아론은 만족스러운 표정을 짓고 고개를 연신 끄덕이며 이 광경을 지켜보다가 곧바로 표정을 굳혔다.

"자, 오늘 이 자리에 있는 너희에게 해 줄 말이 있다. E반 학생은 전원 마술사다. 이 학교에서는 교장의 방침에 따라 정령술사와 마술사 사이에서 차별이 없도록 배려하고 있지. 하지만 선생님 쪽은 그렇다 치더라도 학생들 중에는 너희를, 이런 표현은 좀 그렇지만 쓰레기 보듯 쳐다보는 학생들도 있다……. 내 말 무슨 뜻인지 알겠지?"

그 말을 들은 순간 거의 대부분의 학생들이 고개를 떨구었다.

페이는 아론과 학생들의 모습을 보면서 라나가 했던 말이 이걸 가리키는 것이었구나……라고 생각하고 탄식했다.

"매년 입학식이 끝나면 시비를 거는 녀석들이 있지만, 절대로 먼저 건드리지는 마라. 상대가 먼저 너희를 건드린 경우라면 교칙이 너희의 편을 들어 줄 테니까."

그 말에 학생들이 일제히 고개를 끄덕였다.

"잘 들어라. 지금은 참아! 강해져야 한다! 그러고 나서, 그 자식들에게 되갚아 줘라!"

학생들은 아론의 눈에 눈물이 맺힌 모습을 보고는 그 눈물의 의미를 곱씹으며 어깨를 떨었다.

그러고는 일제히 힘찬 목소리로 "네!" 하고 대답했다.

마술사는 정령술사를 이길 수 없다.

오랜 세월 확고불변했던 그 사실을 한 소년이 깨부술 것이라고는, 이때는 그 누구도 생각하지 못했다.

제4화 소꿉친구

아론의 일장연설이 끝나고 그 감동의 여운이 잦아들 무렵, 아론이 학생들에게 강당에 가도록 지시를 내렸다.

페이도 그 말에 따라 게이슨과 아이리스와 같이 강당으로 가려고 했는데, 갑자기 뒤에서 한 여학생이 말을 걸었다.

"저, 저기……!"

조심스럽게 페이에게 말을 건 사람은 단정한 검은 머리를 허리 언저리까지 기른 아리따운 여학생이었다.

페이는 자신의 눈앞에 있는 여학생이 낯익었다.

오래전, 페이가 정령 계약에 임하기 전이었다.

——그 소녀는 분가 애들에게 곧잘 괴롭힘을 당하곤 했다.

페이가 정령 계약에 실패한 뒤에 받은 것과 비슷한 수준으로, 정신적인 피해만이 아니라 육체적인 피해도 동반한 괴롭힘이었다.

요컨대 마법 연습 대상이 되거나, 걷어차이거나, 얻어맞기 일쑤였다.

페이는 그 괴롭힘에 남동생 브람도 관여했음을 알고 있었다.

그 소녀는 정말 사소한 이유 때문에 괴롭힘을 당했다.

듣기로, 또래 애들이 초급 마법을 쓸 때 그 아이 혼자만 유일하게 최하급 마법밖에 쓰지 못했다고 한다.

그 모습을 보다 못한 페이는 괴롭힘 현장을 목격할 때마다 주의를 주었다.

그 당시에는 분가 애들도 즉각 괴롭힘을 멈추었지만, 페이의 눈길이 닿지 않는 곳에서는 계속해서 괴롭힘이 이어졌다.

그리고 페이 또한 그 사실을 알게 되었다.

페이가 소녀를 만날 적에, 언제나 상처투성이 상태로 바닥에 주저앉아 있었다.

지금과는 달리 그 무렵의 페이는 회복 마법을 쓸 수 있는 기량이 없었기 때문에, 회복 마법을 쓸 수 있는 마술사가 있는 곳까지 소녀를 업어서 데려가곤 했다.

페이는 늘 괴롭힘 당하던 그 소녀를 지키고자 같이 책을 읽거나 마법 연습을 하는 등, 되도록 곁에 있고자 했다.

페이는 과거에 있었던 일들을 회상하다가 그 소녀의 이름을 떠올렸다.

"페이 님…… 맞으시죠? 잊으셨나요? 저예요. 멜리아 파미스예요!"

멜리아 파미스.

페이는 그 말에서 그리움을 느끼는 한편, 표정이 풀어지려는 걸 필사적으로 참았다.

멜리아는 눈물을 머금고 불안한 표정을 지으며 페이에게 다가갔다.

그 광경에 교실 안에 있던 학생들 모두가 흥미진진한 눈길로 그들을 바라보았다.

그런 그들의 시선을 느낀 페이는 거북하다는 듯 뺨을 긁적이며 게이슨과 아이리스에게 말했다.

"게이슨, 아이리스. 미안하지만 먼저 갈래? 잠시 얘랑 할 얘기가 있거든."

"그, 그래. 알았어!"

"먼저 가서 자리 잡고 있을게~."

둘의 대답을 들은 페이는 멜리아의 팔을 잡아끌며 곧장 교실 밖으로 나갔다.

반 친구들로부터 반쯤 도망치듯 멀어진 페이와 멜리아는 학교 건물 뒤편으로 이동했다.

인적이 드문 게 페이로서는 다행이었다.

페이는 멜리아와 마주하는 그 찰나의 시간 동안 최대한 머리를 굴리며 고민에 고민을 거듭했다.

어쩌면 좋을까. 멜리아한테는 사실을 가르쳐 줘도 되지 않을까…… 하는 생각이 들었다.

하지만 그런 생각이 드는 한편으로, 멜리아가 보넷 가문의 사람이며 본가와 관계가 깊다는 점이 마음에 걸렸다.

섣불리 말했다가는 자신의 정체가 언제 어디서 퍼질지 모른다.

자신이, 페이 보넷이 살아 있다는 사실이 가족들에게 알려질 위험이 컸다.

거기까지 생각이 미친 페이는 미안하지만 멜리아에게 거짓말을 하기로 다짐했다.

"저기, 파미스 양……이라고 했던가? 우리 이번이 처음 만난 거 맞지?"

"저어, 페이 님…… 맞죠?"

페이가 갑작스럽게 입에 담은 그 말에 멜리아는 어리둥절해하며 재차 확인해 보았지만, 페이의 의사는 이미 확고했다.

"분명 내 이름은 페이가 맞지만, 님이라 불릴 정도로 대단한 놈은 아니야. 물론 너랑은 이번이 초면일 테지만."

"저, 그, 페이 보넷 님 아니신가요?"

그럼에도 멜리아는 거듭 확인했다.

"내 이름은 페이 디르크야. 아, 그러고 보니 칠대 공작가 중 하나인 보넷 가문의 장남이 나랑 이름이 같았지 참. 하지만 페이 보넷이라는 사람은 마수의 습격을 받고 죽은 거 아니었어?"

마수의 습격을 받아 죽었다.

페이 보넷의 사망 원인은 그런 식으로 처리되었다.

시체가 없는 이유도 마물에게 통째로 잡아먹혔기 때문이라고 꾸몄다.

죽었다……. 그 말을 들은 순간 멜리아는 비통한 표정을 지었다.

당장에라도 울 것 같은 표정이었다. 끌어안아 위로해 주고 싶었다.

하지만 페이는 그 충동을 가까스로 억누르며 멜리아를 냉정하게 바라보았다.

조용한 학교 건물 뒤편이 한동안 침묵에 잠겼다.

이윽고 멜리아가 눈을 문지르고 착 가라앉은 목소리로 말했다.

"그렇, 네요. 죄송해요. 얼굴이 너무 닮아서……."

"아니야. 근데 이제 슬슬 강당으로 가지 않으면 입학식에 늦고 말거야. 얼른 가자."

"네……."

페이는 자기 뒤를 따라오는 멜리아에게 속으로 거듭 사과하면서 강당으로 향했다.

페이와 멜리아가 강당에 도착했을 무렵에는 이미 거의 대부분의 자리가 차 있는 상태였다.

페이가 앞쪽 자리를 쳐다보니, 보넷 가문 사람과 그 관계자들이 한데 모여 앉아 있었다.

멜리아도 그 사실을 알아차리고는 미안한 듯한, 서운한 듯한 표정을 지으며 페이와 헤어져 그쪽으로 향했다.

페이는 멜리아를 떠나보낸 뒤 주위를 둘러보았다.

그러자 아이리스가 자기 쪽을 보며 손을 흔들고 있는 모습이 눈에 들어왔다.

"페이 군, 여기야 여기!"

"아, 미리 자리 잡아 줘서 고마워."

"얼마든지 감사하렴. 자, 얼른 앉지 그래?"

"그래."

페이는 아이리스와 게이슨 사이에 앉았다.

아이리스와 게이슨은 불과 조금 전에 서로 싸웠던 탓인지 서로 서먹서먹한 분위기였다. 페이는 한숨을 푹 내쉬고는, 앞쪽에서 고개를 푹 떨구고 있는 멜리아 쪽을 바라보았다.

페이가 이제 막 자리에 앉았을 때가 마침 입학식이 시작될 시간이었는지 게이슨이 아슬아슬했다고 귀띔해 주었다.

정말 그 말대로였기에 페이는 내심 안도했다.

지각하는 건 창피할뿐더러 남들 눈에 띈다.

남들 눈에 띄지 않게 쥐 죽은 듯 조용히 생활한다.

그런 학교생활을 보내고 싶은 페이였기에 남들 눈에 띄는 상황은 가급적 피하고 싶었다.

잠시 후에 단상 쪽이 밝아지며 은발 트윈 테일 소녀가 무대 옆에서 들어와 연설대에 올랐다.

그러고는 그 자그마한 입을 열더니…….

"제가 바로 교장 제시카 프리엘입니다."

스스로를 그렇게 소개했다.

그 순간 강당이 요동치듯 술렁였다.

그도 그럴 게, 자신을 제시카라 소개한 소녀는 도저히 어른으로는 보이지 않을 만큼 몸집이 작았기 때문이다.

심지어 또래 신입생으로 착각할 정도였다.

그런 소녀가 느닷없이 스스로 교장이라 소개했으니, 강당 내부가 술렁이는 것도 당연했다.

"아마도 지금 이 자리에 있는 대부분은 제가 그저 어린애로밖에 안 보일 테지요. 하지만 전 스물한 살이랍니다!"

강당이 한층 더 떠들썩해졌다.

떠들썩해진 이유는 두 가지였다.

겉모습에서 느껴지는 인상과 실제 나이 사이의 격차가 그중 하나였다.

그리고 나머지 하나는 불과 스물한 살이라는 젊은 나이에 나라의 중요 시설인 정령 학교 교장을 역임하고 있다는 사실이었다.

페이가 놀란 건 후자 때문이었다.

"제 나이를 듣고 젊다고 생각한 사람들이 거의 대부분일 겁니다. 하지만 폐하로부터 이 지위를 맡기에 충분한 실력을 갖추고 있으니 안심하세요."

강당에 있는 자들은 하나같이 정곡을 찔렸다고 생각했다.

분명 제시카는 예전에도 같은 소리를 몇 번이고 들었을 것이다.

"자, 다들 알다시피 이 학교는 정령술사와 마술사를 육성하는 기관입니다. 마족으로부터 자신의 몸을, 그리고 더 나아가서는 자신의 소중한 사람을 지킬 수 있도록, 이 학교에서 생활하는 6년 동안 자만하지 말고 스스로를 엄격하게 대하며 실력을 갈고닦도록 합시다. 우리 학교에 재적 중인 모든 학생이 절차탁마하여 의미 있는 학교생활을 보내기를 바랍니다. 또한, 그렇게 될 수 있도록 저희 교직원 일동이 한 마음 한 뜻으로 여러분을 지원할 것을 맹세하며, 제가 대표로 인사하겠습니다."

박수 소리가 강당 안을 가득 메웠다.

모든 이들이 제시카의 모습에서는 상상할 수 없는 의젓한 인사에 감동받은 모양이었다.

　제시카가 인사를 마치고 무대에서 내려오자, 그 뒤를 이어 학생회장이 나와 인사를 시작했다.

　그때 페이는 자신의 옆에서 눈을 반짝반짝 빛내며 학생회장을 뚫어지라 쳐다보는 친구의 모습을 곁눈질하며 한숨을 쉬었다.

　그리고 그 뒤, 그 친구…… 게이슨은 부회장이 인사를 하지 않는 바람에 얼굴을 못 봤다며 실망한 기색이었다.

　오늘은 입학식이 끝남으로써 일정이 마무리되었다.

　페이는 보넷 가문 사람들과 얼굴 마주치지 않도록 주의하며 재빨리 강당 밖으로 나왔다.

　페이는 학교에서 도보로 20분 거리에 있는 방을 빌렸다.

　라나의 집에서 통학하면 집에서 학교까지 가는 데만 족히 한나절은 걸렸고, 정령 학교에는 기숙사가 없었던 탓에 마지못해 라나의 제안을 받아들여 방을 빌리기로 했다.

　페이는 생활비와 학비를 모두 라나가 내는 것이 조금은 미안했던 만큼, 무슨 수를 써서라도 생활비 정도는 자기가 직접 벌어야겠다고 다짐하면서 홀로 귀갓길에 올랐다.

　딱딱딱…… 외부 계단을 걷는 소리가 주변에 울려 퍼졌다.

　그곳은 다세대 주택이었고, 페이는 그곳에 있는 방 하나를 빌린 상태였다.

　"다녀왔습니다."

페이는 2층으로 올라가 열쇠를 넣고 문을 열면서 말했다.

이 방은 부엌, 화장실, 욕실이 완비되어 있기에 학생 혼자 생활하기에는 전혀 부족함이 없었다.

문을 닫고 신발을 벗은 뒤 안으로 들어왔다.

페이는 교복 상의를 벗어 근처에 있는 의자 위에 놓고는 곧장 방 안쪽에 놓여 있는 침대 위로 쓰러졌다.

"소중한 사람을 지킬 수 있도록……이란 말이지."

페이는 오후에 있었던 교장선생님의 연설을 떠올리면서 그렇게 중얼거렸다.

"힘을 얻으면 소중한 사람을 지킬 수 있지만, 반대로 소중한 사람에게 상처를 줄 수도 있는데 말이야……."

페이는 오른팔로 눈을 가리고 왼손으로 침대 시트를 쥐었다.

얼마 지나지 않아 페이가 잠을 자는 소리가 들려오기 시작했다.

제5화 마음과 각오

    다음 날 아침, 생활 소리가 마을 곳곳에서 나기 시작했다.

    그 소리와 함께 눈을 뜬 페이는 교복을 입은 채 잠들었던 것을 후회하며 셔츠를 벗고 새 셔츠를 꺼냈다.

    그리고 곧장 욕실로 들어가 노즐을 돌려 뜨거운 물로 몸을 씻었다.

    샤워를 마치고 젖은 머리를 수건으로 닦으면서, 등교 시간까지는 아직 여유가 있음을 확인하고 가볍게 아침 식사를 들기로 했다.

    느긋하게 준비하는 동안 슬슬 시간이 되었기에 새 셔츠를 입고 상의를 걸쳤다.

    시간이 되기는 했지만 사실 이 시간에 등교하는 학생은 별로 없다.

    다만 오늘은 볼일이 있기에 다른 학생들보다 일찍 학교로 가야 했다.

    페이는 채비를 마치고 밖으로 나가면서 라나와 살던 무렵 때처럼 작은 목소리로, "다녀오겠습니다……." 하고 중얼거리고는 문을 닫아 잠갔다.

아파트를 나와 좁은 길을 따라 잠시 걷자 대로가 나왔다.

그 길을 따라 거의 일직선으로 쭉 가다 보면 학교에 도착하기에 길을 잃을 염려는 없었다.

페이는 길 가장자리에 늘어서 있는 가게들이 아침부터 영업 준비로 분주한 모습을 보면서 그 길을 따라 느긋하게 걸음을 옮겼다. 마치 자기 혼자만 시간의 흐름이 다른 느낌마저 들었다.

신체 강화 마법을 걸고 뛰어서 통학할까 싶기도 했지만, 아직 여기에 온 지 얼마 지나지 않았기 때문에 거리 풍경을 느긋하게 감상하며 통학하기로 했다.

학교가 가까워짐에 따라 이른 아침 시각부터 등교하는 학생들의 모습이 드문드문 페이의 눈에 들어왔다.

학교에 도착한 페이는 자신의 교실이 아닌 대합실처럼 생긴 곳으로 가 그곳에서 대기했다.

잠시 후 별안간 대합실 문이 열리더니 두 남성이 안으로 들어왔다.

그들은 시험관이었다. 페이는 그들의 지시에 따라 앉아 있던 의자에서 일어섰다.

그대로 시험관인 두 선생님을 따라 실기실로 향했다.

서류 심사만으로 입학한 페이는 입학 후에 서류에 기재된 내용에 거짓이 없는지 심사하기 위한 추가 시험을 칠 필요가 있었다.

페이도 그 사실을 라나로부터 들어 알고 있었기에 딱히 새삼스러울 건 없었고, 시키는 대로 따르긴 했는데…….

"나 말고 서류 심사로 입학한 사람은 또 없나 본데……."

실기실에는 페이와 시험관을 포함해 세 사람밖에 없었다.

추가로 다른 사람이 올 기미는 전혀 보이지 않았기에 페이는 그렇게 결론지었다.

"뭐, 분명 서류 심사로 입학하는 사람은 거의 없다고는 했지만, 설마 나 혼자밖에 없었을 줄이야……."

페이는 입학 전에 라나가 한 말을 떠올리면서 한숨을 쉬었다.

하지만 해야 할 일은 똑같다.

자신은 그저 시험관이 시키는 대로 하면 된다.

페이는 그렇게 마음을 가다듬고서 시험관을 바라보았다.

그와 동시에 시험관 중 한 사람이 손목시계를 보더니 다른 시험관에게 말을 걸었다.

그 말을 들은 시험관이 고개를 끄덕이고는 페이를 쳐다보았다.

아무래도 시간이 된 모양이다.

"그럼 서류 심사 수험 합격자 위증 확인 시험을 시작하겠다."

무척이나 호들갑스러운 명칭이었지만 그 내용은 아까 말한 대로였다.

단순히 서류에 적힌 마법을 차분하게 행사하기만 하면 된다.

하지만 페이 자신이 서류를 쓴 건 아니었기에 무슨 마법을 행사해야 하는지는 알 수 없었다.

그렇기에 시험관의 지시를 기다릴 수밖에 없었다.

"그럼, 시험 내용입니다만……."

시험관이 종이를 보면서 시험 내용을 설명하기 시작했다.

내용은 역시 서류에 적힌 마법을 모두 다 행사하는 것이었다.

하지만 예를 들어, 상급 마법을 행사할 수 있는 자가 초급 마법을 행사하지 못했다…… 같은 경우는 없다고 봐도 무방하다.

그렇기에 시험을 칠 때는 서류에 적힌 각 속성 중 가장 상위의 마법을 행사하면 된다.

페이는 그러한 내용을 설명받은 뒤, 다음으로 이번 시험 때 행사해야 하는 마법을 지시받았다.

"먼저, 불 속성, 물 속성, 바람 속성, 땅 속성, 번개 속성은 각각 중급 마법인 【플레임 랜스】, 【워터 랜스】, 【윈드 랜스】, 【클레이 랜스】, 【선더 랜스】를 행사하면 되고, 빛 속성 및 어둠 속성은 각각 초급 마법인 【라이트】, 【다크】를 행사하면 됩니다."

"……."

페이는 시험관이 말한 마법에 위화감을 느끼고 자기도 모르게 눈살을 찌푸렸다.

방금 들은 마법을 행사할 수 없어서가 아니었다.

오히려 손쉽게 행사할 수 있다.

페이가 느낀 위화감은 바로 그 점이었다.

불, 물, 바람, 땅, 번개, 이 기본 다섯 속성은 중급 마법뿐만 아니라 상급 마법도 손쉽게 행사할 수 있다.

그리고 어둠, 빛, 이 두 속성은 별 무리 없이 중급 마법까지 행사할 수 있다.

하지만 라나가 서류에 적은 건 중급 마법까지였다.

페이는 바로 그 점에 살짝 의문을 느끼면서도, 그 의문을 머릿속에서 치워 버렸다.

페이는 방 중앙으로 이동해 멈춤과 동시에 조용히 숨을 내뱉으며 눈을 감았다.

곧바로 마력의 흐름을 느끼며 손끝에 마력을 집중시켰다.

평소라면 중급 마법을 행사하는 데 굳이 이렇게까지 신중해질 필요는 없지만, 그래도 일단은 시험을 보는 중이다.

페이는 돌다리도 두드려 보자는 심정으로 온 정신을 집중하여 시험에 임했다.

페이의 오른손에서 하얀 안개가 발생하기 시작했다.

페이는 곧바로 오른손을 정면으로 뻗어 명창했다.

"【플레임 랜스】."

안개…… 다시 말해 마력이 오른손에서 뿜어져 나와 페이의 정면으로 이동했다.

마력은 서서히 형태를 이루고는 화염으로 변해 갔다.

그것은 창의 형태를 띠었고, 그 수는 다섯이었다.

페이는 그것들을 미리 준비된 과녁에다 내쏘았다.

화염 창은 격렬한 폭발음과 함께 표적을 불태웠다.

그 광경을 본 시험관은 눈을 예리하게 뜨며 불 속성 항목에 동그라미를 쳤다.

그러고는 페이에게 계속하라고 말했다.

물의 창, 바람의 창, 땅의 창, 번개의 창.

페이는 자못 당연하다는 듯이 차분하게 같은 행위를 반복했다.

다른 건 속성뿐이었다.

어느 속성의 마법이건 간에 그 위력은 변함이 없었고 표적에

맞음과 동시에 한결같이 폭발음을 냈다.

그 광경에 시험관은 식은땀을 흘렸다.

행사하는 마법의 위력은 원래 속성에 따라 변하는 법이다.

불 속성 마법이 일류라 할지라도 물 속성 마법은 삼류인 경우도 흔했고, 이상할 것 없는 일이다.

그런데도 이번에 페이가 행사한 다섯 속성의 마법은 모두 같은 위력을 발휘했다.

게다가 어른을 능가하는 파괴력을 발휘했다.

또한 다섯 개를 동시에 행사하는 점이나, 그것들을 모두 표적에 정확하게 명중시키는 점 등.

터무니없이 말도 안 되는 일이었다.

일반적인 술사라면 으레 한두 개 정도는 빗나가기 마련이다.

1류 술사 정도면 그것도 손쉽게 할 수 있을 테지만, 1학년이 이만한 실력을 갖추고 있는 건 지극히 이례적이었다.

시험관은 펜을 쥔 손을 부르르 떨면서도 평정을 유지하고자 애쓰며 페이에게 나머지 빛과 어둠 속성 마법을 행사하도록 지시를 내렸다.

페이는 초급 마법인 【라이트】와 【다크】도 차분하게 사용했고, 시험은 그걸로 끝이 났다.

입학 후의 시험을 마친 페이는 자기 반으로 향했다.

교실 앞에 다다라 닫혀 있던 문을 조용히 열고 교실 안으로 들어갔다.

이미 학생 몇 명이 자리에 앉아 있었지만, 역시나 서로 대화를 나누지는 않았다.

페이는 그 모습을 보면서 자신의 자리로 향했다. 그때 아이리스가 페이가 왔음을 알아차리고는 힘차게 인사를 건넸다. 그 모습에서 왠지 모를 기시감을 느낄 정도로 기운 넘치는 인사였다.

"페이~ 구~운, 안녀엉~!"

"안녕, 아이리스. 솔직히 난 네가 어떤 애인지 모르겠어."

"어머, 여자는 천 가지 얼굴을 가지고 있는걸?"

아이리스가 한쪽 눈을 감으며 왠지 모르게 의미심장한 미소를 짓자, 페이는 그런 아이리스에게 역시나 쓴웃음을 지었다.

문득 페이는 대화를 나누다가 뭔가 허전하다는 느낌을 받았다. 그 궁금증에 대한 해답은 곧바로 알 수 있었다.

"그런데 게이슨은?"

"그딴 녀석 알 게 뭐야. 지각하는 거 아닐까? 그 녀석은 딱 봐도 지각을 밥 먹듯이 할 것처럼 생겼잖아."

물어볼 상대를 잘못 택했다.

페이는 아침부터 자신이 고른 선택지를 두고 깊이 후회했다.

"누가 지각을 밥 먹듯이 할 것처럼 생겼다는 거냐, 이 망할 자식아!"

"숙녀에게 저열한 표현을 쓰는 걸 보니 수준을 잘 알겠네."

"뭐얏!"

"내가 뭐 틀린 소리했어?!"

"얘, 얘들아, 아침부터 싸움은 좀……."

페이가 양손으로 말리는 동작을 취하자, 둘은 서로 고개를 홱 돌리면서도 말다툼을 그쳤다.

얘네 둘은 흔히들 말하는 앙숙인가 보다⋯⋯. 페이는 속으로 그렇게 메모했다.

입학식 다음 날부터는 본격적인 수업이 시작되었다.

오늘은 입학 후 첫 수업이었기 때문에 학생 모두가 등을 쭉 펴고 진지한 태도로 수업을 받았다.

하지만 한 달 정도만 지나면 학생들도 이런 분위기에 차차 익숙해지고, 개중 몇몇은 긴장이 풀려 수업 중에 졸기도 한다. 학생들이 그런 경향을 보이는 건 교사들도 잘 알고 있었다.

그런데 올해는 예외가 있었다.

"쿠~울."

게이슨은 코 고는 소리가 교실 안에 쩌렁쩌렁 울려 퍼질 정도로 완전히 곯아떨어진 상태였다. 아론은 관자놀이를 누르며 그런 그를 노려보았다.

"야, 게이슨! 내가 어제 한 말은 벌써 다 잊었냐!!"

아론은 교탁에서 내려와 게이슨 쪽으로 다가가더니 그 귓가에 대고 호통을 쳤다.

그런데도 게이슨은 일어날 기미가 없었다.

아론은 오른손에 주먹을 꽉 쥔 채 부들부들 떨면서 한 대 쥐어박고 싶은 충동을 억눌렀다.

게이슨의 뒷자리에서 담임 선생님을 보던 페이는 못 말리겠다는 듯 고개를 내저으며 게이슨에게 속삭였다.

"게이슨, 복도에 학생회장이——."

"뭣이라! 어디!"

게이슨은 페이의 말이 채 끝내기도 전에 고개를 번쩍 들어 올리더니 어디에도 없는 학생회장의 모습을 찾기 시작했다.

아론은 그런 게이슨을 귀기 어린 모습으로 노려보았다.

화가 머리끝까지 치솟은 모양이었다.

"아…… 선생님."

아론이 있음을 알아차린 게이슨이 뭐라 형용하기 힘든 미묘한 표정을 지어 보였다.

그러고는 혀를 내밀더니…….

"헤헷."

그 후, E반 교실에서 참극이 일어났다.

참극이 휩쓸고 지나간 자리에는 심기가 불편한 아론과, 머리를 꽉 누르고 있는 게이슨…… 그리고 두려움에 몸을 사리는 수많은 학생만이 있었다.

오전 수업이 끝나고 점심시간이 되었다.

"아야야, 혹이 났잖아."

나른한 분위기가 흐르는 교실 안에서 게이슨은 머리를 매만지며 푸념을 늘어놓았다. 페이와 아이리스는 그런 게이슨의 태도에 그저 어이가 없을 따름이었다.

"그러게 수업 중에 왜 잠을 자고 그래?"

"진짜 바보가 따로 없네."

각자의 입에서 쓴 소리가 흘러나오자 게이슨은 고개를 푹 숙였지만, 그렇다고 동정하고 싶은 마음은 전혀 들지 않았다.

이게 다 자업자득이었다.

"아 됐고. 밥이나 먹으러 가자, 페이."

"어."

페이는 그 제안을 받아들였고, 둘은 교실을 나섰다.

페이는 교실을 나설 때 멜리아 쪽을 흘끗 쳐다보았다. 멜리아는 다급히 교실을 나가 어디론가 향하는 모습이었다.

"야, 왜 너까지 따라오는 건데!"

페이와 나란히 걷는 아이리스가 못마땅했는지 게이슨이 불만을 표출했다.

하지만 아이리스는 그 말을 듣고도 눈썹 하나 까딱하지 않았다.

오히려 네가 뭐냐는 듯한 표정으로 대답했다.

"난 페이 군이랑 같이 식사할 건데, 그러는 너야말로 왜 따라오는 거야?"

"아까 내 말을 듣긴 했냐! 내가 페이랑 같이 밥 먹을 거라고!"

"어머, 애당초 너한테 식사할 이유가 있니? 수업 중에 완전히 곯아떨어졌던 네가 굳이 영양분을 섭취할 필요는 없을 것 같은데? 너에게 섭취당하는 영양분을 한번 생각해 봐. 세상에 이런 쓸데없는 일이 또 있겠니?"

"이 자식이 뚫린 입이라고 진짜! 그러는 너야말로 아무것도 먹지 말고 쫄쫄 굶어야 조금은 여자애답게 정숙해지지 않겠냐?"

"뭐얏?!"

"내가 뭐!"

이런 식의 대화가 오갔다.

우여곡절 끝에 식당에 다다른 세 사람은 간단한 식사를 주문하고 나서 빈자리에 앉았다.

세 사람은 오후 수업에 관한 얘기나 잡담을 나누며 한동안 식사를 즐겼다. 그때였다. 전혀 생각지도 못했던 인물이 그런 그들에게 노기 어린 목소리로 말을 걸었다.

"야, 거긴 내 자리야! 얼른 꺼져!"

셋은 소리가 난 쪽으로 고개를 돌렸다. 목소리의 주인은 페이의 남동생, 브람 보넷이었다.

마치 자신이 세계에서 가장 잘났다는 듯한 태도가 거슬렸는지, 게이슨이 도발 섞인 투로 맞받아쳤다.

"뭐냐, 넌. 누군진 몰라도, 눈이 달렸으면 지금 우리가 밥 먹고 있는 거 안 보여?!"

"감히 지금 누구한테 그딴 소릴 지껄이는 거야?! 난 보넷 가문의 장남 브람 보넷이란 말이다!"

브람은 자기 자신을 오른손 엄지로 척 가리키며 가슴을 폈다. 하지만 게이슨을 비롯한 식당에 있는 모든 이들은 그런 그를 싸늘한 시선으로 쳐다볼 뿐이었다.

그런 와중에 페이는 서로 얼굴 마주치지 않도록 묵묵히 식사를 계속했다.

하지만 자신을 쳐다보는 시선을 느끼고는 살짝 고개를 들었다.

그 시선은 브람의 뒤에 서 있는 멜리아와,

페이의 여동생, 에리스가 보내고 있었다.

멜리아는 송구스럽다는 듯한 표정을 짓고 있었지만, 에리스는 페이의 얼굴을 뚫어지라 쳐다보고 있었다.

"설마……. 아니, 하지만……." 하고 중얼거리면서 때때로 고개를 젓는 모습이었다.

페이는 누가 자신을 쳐다보는지 확인하고는 곧바로 고개를 돌렸다.

그런 대화가 이어지는 동안에도 브람과 게이슨의 언쟁은 그칠 줄을 몰랐다.

"잘 들어. 난 귀하신 몸이라고. 나에게 자리를 양보하는 걸 영광으로 알아야지. 너흰 그냥 잠자코 내 말에 따르기만 하면 돼!"

"뭐야?!"

"뭐라는 거야!"

아이리스도 게이슨을 거들고 나섰다.

두 사람은 앙숙이지만, 지금은 브람이라는 공통된 적에 대항해 서로 힘을 합치는 모양이다.

"게이슨, 아이리스. 어차피 우린 다 먹었으니까 이만 자리를 양보해 줘도 되지 않을까?"

페이가 잔뜩 흥분한 두 사람을 달래듯 그렇게 제안했다.

페이는 되도록 가족들 앞에 자신의 얼굴을 드러내고 싶지 않았다.

그리고 불필요한 다툼을 벌이기도 싫었다.

"뭐, 그건 그렇긴 하지만……. 페이, 넌 화도 안 나냐?"

"말투가 글러 먹었잖아, 말투가!"

둘은 불만을 표하면서도 마지못해 자리에서 일어났다.

페이……라는 이름을 듣고 에리스와 브람이 반응을 보였다.

하지만 페이는 누가 자신에게 말을 걸기 전에 재빨리 자리를 떠났다.

서로 엇갈려 지나갈 때 멜리아가 죄송하다고 사과하는 목소리가 페이의 귓가에 여운처럼 남았다.

점심시간에 있었던 그 일 때문에 게이슨과 아이리스는 오후 내내 화가 난 모습이었다.

오후 수업도 순조롭게 끝이 났고, 학생들은 일제히 기지개를 켰다.

수업 첫날은 다들 긴장한 상태에서 수업을 받기에 학교에 있는 동안에는 긴장의 끈을 놓을 수가 없었기 때문이다.

그런 와중에 페이는 짐을 정리하며 하교할 준비를 하면서 다시금 멜리아 쪽을 쳐다보았다. 그녀는 점심시간 때와 마찬가지로 황급히 교실 밖으로 나갔다.

입학식 때 그렇게 쌀쌀맞게 말해 놓고선 왜 이런 식으로 그녀를 찾게 되는 걸까.

페이는 말과 상반된 행동을 보이는 자기 자신에게 짜증이 났다.

그 짜증을 떨쳐내려고 교과서를 난폭하게 가방 안에 쑤셔 넣은 뒤, 아이리스 및 게이슨과 작별 인사를 나누고 교실을 나섰다.

어제와 마찬가지로 학교 건물을 나와 길게 쭉 뻗은 길을 따라 걸었다.

무슨 일이 생겼나……? 페이는 사람들이 무리 지어 술렁이는 교문 근처를 바라보며 그렇게 생각했다.

무슨 일인지 잠시 보기만 하자. 괜히 엮이지 말고 떠나자. 그렇게 마음먹으며 사람들 사이를 비집고 다가갔다.

그러고는 사람들이 빙 둘러서고 있는 사이로 고개를 내밀어 살며시 상황을 살폈다.

"——!"

그 순간, 페이는 발걸음을 우뚝 멈추었다.

그러고는 한 걸음 뒤로 물러났다.

페이의 마음이 격렬하게 요동쳤다. 그 시선은 한곳에 못 박혀 있었다.

사람들이 빙 둘러서고 있는 가운데에서, 멜리아가 브람을 비롯한 남학생 세 명이 내쏘는 마법에 얻어맞는 중이었다.

브람의 옆에는 에리스의 모습도 보였다.

원래라면 누가 먼저랄 것도 없이 말려야 할 상황이었지만, 주위 사람들은 모두 보넷 가문 사람과 엮여 있었기에 아무도 나서지 않았다.

페이는 속으로 혀를 찼다.

그러고는 아무에게도 들리지 않을 만큼 작은 목소리로 중얼거렸다.

"그래……. 나란 놈은 대체 뭘 착각했던 거지?"

멜리아는 이제 자신이 지킬 필요가 없을 거라 여겼다.

옛날과는 달리 자기 자신을 지킬 수 있을 것이라 여겼다.

하지만 그건 자신이 불 속에 뛰어들기 싫어서 내세운 변명에 지나지 않았다.

실은 어제부터 알고 있었다.

멜리아는 지금도 무력한 여자애에 불과하다는 사실을 말이다.

눈을 감은 페이의 눈꺼풀 안쪽에 멜리아가 어제 학교 건물 뒤편에서 슬퍼하는 모습이 떠올랐다.

그래, 나는 비겁한 자식이다.

그저 자신의 편안함을 위해 곁에서 절실하게 도움을 바라는 여자애조차 무시했다.

멜리아는 그때 어떤 심정이었을까.

그렇게 생각할수록, 상상할수록 자기 자신에 대한 후회와 슬픔, 그리고 분노가 치밀었다.

생각하는 것보다 먼저 페이의 다리가 움직였다.

과거 전율의 마술사라 칭송받았던…… 그 순수한 마력이 풀려났다.

수십 개의 불덩어리가 멜리아를 덮쳤다.

그것들은 브람과 그 추종자 남학생들이 행사한 불의 초급 마법 【파이어 볼】이었다.

멜리아는 그 광경을 본 순간 눈을 감았다.

이제 곧 닥쳐올 고통을 견디기 위해서.

"하아, 뭐야. 겨우 그 정도인가?"

그런 중얼거림과 함께, 물의 벽이 불덩어리와 멜리아 사이에 나타났다.

물의 중급 마법【워터 월】이었다.

그 순간, 불덩어리와 물의 벽이 서로 맞부딪치며 주변에 수증기가 발생했다.

아무리 기다려도 고통이 닥쳐오지 않자, 멜리아는 의아해하며 감았던 눈을 머뭇머뭇 떴다.

그곳에는——.

"미안해. 이젠 괜찮아."

자신이 가장 동경했던, 존경했던, 그리고 사모했던 남자⋯⋯ 페이가 있었다.

제6화 VS 브람 (전편)

"——미안해. 이젠 괜찮아."

페이가 다정한 목소리로 멜리아에게 속삭였다.

대체 무슨 일이 일어난 건지, 눈앞에 선 사람은 누구인지.

혼란에 빠졌던 멜리아가 상황을 차츰차츰 파악해 나감에 따라 눈가에는 눈물이 고이기 시작했고 뺨은 붉게 물들었다.

그렇지만 페이는 곧바로 멜리아에게서 눈을 떼고 브람 일행과 마주했기에 그 변화를 알아차리지는 못했다.

그리고 페이의 눈은 그 얼굴과 행사한 마법의 위력을 보고 과거에 있었던 가족의 모습을 떠올리는 브람과 에리스를 보고 있었다.

이로써 더 이상 얼버무릴 수가 없게 되었다.

평온한 나날은 입학한 지 불과 2일 만에 막을 내렸다.

하지만, 그래도…… 페이는 이 결과를 후회하지 않았다.

영원과도 같은 정적이 이어졌다.

하지만 멜리아가 그 정적을 깨뜨렸다.

"여, 역시, 페이 님이셨군요!!"

"맞아. 거짓말해서, 늦게 도우러 와서 미안해."

"아니에요. 감사합……."

멜리아는 말이 채 끝나기도 전에 울음을 터뜨렸다.

페이는 그런 멜리아의 모습에 당황한 나머지 그 자리에서 주춤거렸다. 그때 살짝 떨어진 곳에서 누군가가 말을 걸었다.

"페이 오라버니, 살아계셨군요……."

에리스가 눈물을 흘리며 그렇게 말했다.

하지만 페이는 멜리아와 에리스가 흘리는 눈물의 의미를 전혀 다르게 받아들였다.

어쩌면 멜리아는 페이가 살아 있음을 진심으로 기뻐하는 걸지도 모른다.

하지만 에리스가 보이는 눈물은 페이가 살아 있음을 슬퍼하는 눈물이라 받아들였다.

페이가 그런 생각을 하면서 어딘가 싸늘한 눈으로 에리스를 보고 있을 때였다. 에리스 옆에 서 있던 브람이 무슨 퍼포먼스라도 벌이는 듯한 모습으로 팔을 과장되게 휘두르며 소리를 질렀다.

"이럴 수가! 페이 형은 죽었을 텐데! 너 정말 페이 형이 맞아?!"

브람이 확인하듯 물었다.

눈앞에 있는 소년이 과거 살해당했을 터인 형 본인임은 브람 역시 이미 알고 있을 텐데 말이다.

하지만 차마 그걸 인정하기 싫었을 테지.

"그래, 맞아. 난 페이 디르크. 옛 이름은 페이 보넷이었지."

그렇게 말을 꺼낸 순간, 주변에 있던 학생들이 술렁이기 시작했다.

정말로 살아 있었어? 진짜 전율의 마술사라면 조금 전에 보였던 그 위력도 납득이 가.

그런 대화가 사람들 사이에서 오갔다.

그런 와중에 브람은 어깨를 부들부들 떨면서 양손을 꽉 움켜쥐고는 분노에 찬 표정으로 소리쳤다.

"다들 입 닥쳐!"

다시금 정적이 찾아왔다.

"어째서, 어째서 네가 살아 있는 거야! 넌 분명 6년 전에 죽었을 텐데!!"

"죽였다고? 그래, 그렇군……. 그걸 알고 있다는 말은, 브람…… 너도 그 일에 가담했었단 말이로군."

두 사람이 나누는 대화에 주변 학생들은 물론이거니와 에리스와 멜리아도 반응을 보였다.

"페이 님, 그게 무슨 말씀이신가요!!"

멜리아가 옷소매로 눈물을 닦으면서 페이에게 물었다.

"뭐, 별일은 아니야."

"야, 묻는 말에 대답이나 해! 어째서 네놈이 살아 있는 거지?! 분가 놈들이 네놈을 죽이고 시체를 불태웠다고 했었는데!"

에리스 또한 브람에게 그게 무슨 말이냐고 물었지만, 브람은 그 말을 무시하고서 노성을 내지르며 페이에게 물었다.

"사람들이 보는 앞에서 그런 걸 물어도 괜찮은 거냐?"

브람은 그 말을 듣고 주위를 둘러보다가 입을 다물었다.

"──큭!"

페이는 뒤에서 신음 소리가 들려오자 뒤돌아보았다.

그리고 만신창이가 된 멜리아를 보면서 다급히 자신의 손에 마력을 깃들였다.

터무니없을 정도로 새하얗고 순수하며, 아름다운 그 마력을 말이다.

"미안해, 멜리아. 금방 치료해 줄게. 【하이 힐】."

그 직후에 빛이 멜리아의 몸을 감쌌다. 그 빛이 잦아들 무렵에는 모든 상처가 치유되어 있었다.

이제는 페이 또한 회복 계통 마법을 행사할 수 있게 되었다.

자못 당연하다는 듯이 깔끔하게 작업을 처리하는 페이의 모습에 주변 학생들이 전율했다.

물의 상급 마법 【하이 힐】.

이 마법은 회복 마법 중에서도 어려운 마법이다.

그런 마법을 겨우 13세 소년이 행사할 수 있다는 것 자체가 놀라운 일이었다.

"저어, 페이 님. 감사합니다!"

아픔이 사라지고 기운을 차린 멜리아는 페이에게 웃음을 지어 보이며 감사를 표했다.

옛날에도 이랬었지……. 페이는 멜리아의 웃는 얼굴을 바라보며 추억에 젖었다가 문득 어떤 사실을 깨닫고는 곧바로 고개를 돌렸다.

"어……?"

멜리아는 페이의 반응에 당황한 기색을 보였지만, 그 이유는 금세 알 수 있었다.

"그 뭐냐, 일단은…… 이거라도 입어."

페이가 자신이 입고 있던 상의를 불쑥 건네주자 멜리아는 다시금 당황했다.

기분 탓인지 여전히 멜리아를 보지 않으려고 애쓰는 얼굴이 붉게 물든 것 같아 보였다. 그리고 페이가 말을 이었다.

"아니, 그…… 하이 힐만으로는 옷까지 고칠 순 없거든, 그래서 그……."

그렇다. 하이 힐로는 옷까지 고칠 수 없다.

그보다 더 상위에 있는 회복 마법이라면 가능할지도 모르겠지만, 지금의 페이는 할 수 없었다.

불과 조금 전까지 마법 공격을 받았던 멜리아의 옷은 너덜너덜한 상태였다. 찢어지거나 불에 탄 교복 사이로 속옷이나 가슴 계곡, 허벅지 등등…… 완성형에 가까운 그 풍만한 몸매가 고스란히 노출되어 있었다.

페이의 말을 듣고 그 사실을 알아차린 멜리아는 얼굴을 새빨갛게 물들인 채 허둥지둥 페이로부터 상의를 받아 몸에 걸쳤다.

그리고 시선만 살짝 올려서 페이를 보고서 자그마한 목소리로 "감사합니다……."라고 중얼거렸다.

그런 대화를 주고받은 뒤, 페이는 다시금 브람을 돌아보았다.

그러고는 입을 열었다.

"방금 네 물음에 대답하겠는데, 사실은 마법으로 내 대역을 만들었다……고 하면 알아듣겠냐?"

"마법이라고? 말도 안 돼. 질량을 속일 수 있는 어둠 속성 마법은 상급 이상일 터. 6년 전의 넌 중급 마법밖에 못 썼잖아!!"

브람은 그런 식으로 말했지만, 사실 7살에 중급 마법을 쓴다는 것 자체가 대단한 일이었다.

"그래. 단일 속성 마법으로는 질량을 속일 수 있는 마법을 쓸 수 없었지. 그래서 어둠과 땅의 중급 마법을 합성했던 거야."

"뭣이?! 그건 불가능할 텐데……."

"믿든 말든 그건 네 자유지만, 어쨌거나 난 그 덕분에 지금 이 자리에 있을 수 있지."

"──크윽!"

브람은 경악에 찬 표정을 지었다.

그건 이 자리에 있는 다른 이들도 마찬가지였다.

반면 페이의 실력에 완전히 도취된 멜리아로서는, '페이 님이라면 가능하실 거야.'라고 여겼기에 그리 놀란 기색은 아니었다.

"지금은 그게 중요한 게 아니야!"

바로 이 분위기였다. 모든 이들의 이목이 페이에게 집중된 이 분위기야말로 브람이 가장 싫어하는 것이었다.

이런 분위기가 견디기 힘들었던 브람은 화제를 바꾸었다.

"자신이 살아 있다는 사실이 드러날 걸 알면서도 왜 그딴 여자를 도운 거지?!"

"귀여운 여자애가 괴롭힘을 당하면 돕는 게 당연하잖아?"

페이는 반쯤 농담 섞어 대답했다.

왜냐하면 자기 스스로도 이유를 알 수 없었기 때문이다.

멜리아가 괴롭힘 당하는 모습을 보고 분노가 치밀었던 건 사실이었다.

하지만 어째서 분노를 느꼈는지, 어째서 멜리아를 도왔는지.

페이 자신도 왜 멜리아를 도왔는지 확실하게 알 수 없었다.

그런데, 대체 어째서…….

결론이 나질 않았다. 그렇기에 농담 섞인 대꾸만 했다.

그 말을 들은 멜리아는 "귀, 귀엽다고요……?" 하고 중얼거리며 뺨을 붉게 물들인 채 안절부절못하는 모습이었다. 하지만 페이는 여전히 브람을 쳐다보면서 말하고 있었기에 그 상황을 알도리가 없었다.

"겨우 그딴 이유 때문에 감히 날 방해했다 이거지? 험한 꼴 당하기 싫으면 그 녀석을 놔두고 지금 당장 썩 꺼져!"

"거절한다."

"뭣이?!"

"브람, 설마 내가 네 명령에 순순히 따를 줄 알았냐?"

도발로도 받아들여지는 페이의 말을 듣고 브람은 혀를 찬 뒤어째선지 비웃는 듯한 표정을 지으며 페이를 쳐다보았다.

페이는 한숨을 쉬며 타이르는 투로 브람에게 말했다.

"브람, 넌 예나 지금이나 약한 사람을 괴롭히는 걸 좋아하나 본데……."

페이의 그 말에 에리스가 고개를 떨구었다.

한편 브람은 입가를 끌어 올리고는 페이를 향해 선언했다.

"약한 사람을 괴롭히는 걸 좋아한다……고? 형…… 아니, 페이. 그러는 너야말로 지금의 내가 보면 그 약한 사람에 속할 뿐이야. 설령 네가 그 페이가 맞다고 한들, 지금의 내 실력이라면 너 따윈 손쉽게 해치울 수 있다고!"

──분위기가 얼어붙었다.

주위에 있는 사람들은 브람이 무슨 의도로 그런 말을 했는지 이해했기 때문이다. 그중에서도 에리스나 멜리아, 페이는 더더욱 그 말뜻을 잘 알고 있었다.

"날 이길 수 있다…… 그런 말이냐?"

"내가 못 이길 것 같아?! 【파이어 볼】!!"

브람으로부터 마력이 방출됨과 동시에 아까 여럿이서 행사했던 것과 동일한 수의 불덩어리가 브람의 머리 위에서 전개되었다.

그리고 명창과 함께 날아갔다.

불덩어리가 페이와 그 주변 바닥을 향해 착탄했다. 지축을 뒤흔들 정도의 굉음과 폭풍이 발생했다.

바닥에 포장되어 있던 벽돌이 떨어져 나갔고, 그 밑에 깔려 있던 흙이 먼지 구름을 일으키며 시야를 가렸다.

아까 멜리아를 공격하던 것과는 비교도 되지 않는 위력임을 알 수 있었다.

폭풍에 묻힌 멜리아의 비명 소리를 대신하듯 브람이 큰 소리로 외쳤다.

"어떠냐. 이게 바로 지금의 내 실력이다!"

악마처럼 일그러진 표정에 이 자리에 있는 모든 이들이 두려움에 떨었다.

그런 와중에 에리스와 멜리아가 걱정 섞인 목소리로 외쳤다.

"페이 님!!"

"오라버니!!"

흙먼지가 잦아들기 시작하고 시야가 트였다.

그곳에는, 모든 이들의 예상을 뒤엎고 검은 머리의 소년이 여유롭게 서 있었다.

페이는 회심의 미소를 짓고.

"──야, 지금 네 실력은 겨우 이것밖에 안 되냐?"

도발하듯 이렇게 말했다.

"――야, 지금 네 실력은 겨우 이것밖에 안 되냐?"

아직 완전하게 잦아들지 않은 흙먼지 속에서 맑은 목소리가 주변에 울려 퍼졌다.

브람은 멀쩡하게 서 있는 페이의 모습을 보고는 경악에 찬 표정을 지었다.

"무, 무슨 짓을 한 거지! 어째서 그렇게 멀쩡한 거냐고!"

"대체 무슨 소릴 하는 거지? 그러는 너야말로 설마 겨우 이 정도 마법으로 나에게 피해를 줄 수 있을 거라 생각했냐?"

페이는 평소 때보다 말수가 많았다.

본인도 모르는 사이에 흥분한 모양이었다.

"――다, 닥쳐! 좀 봐주니까 우쭐대기는! 【플레임 랜스】!"

브람 앞에서 여러 자루의 화염 창이 원을 그리듯 출현했다.

그리고는 그대로 페이를 향해 똑바로 날아갔다.

"【워터 랜스】."

페이 또한 이에 대항하고자 마찬가지로 창을 출현시켰다.

다른 건 속성뿐이었다.

물의 중급 마법 【워터 랜스】는 브람이 행사한 불의 중급 마법

【플레임 랜스】와는 정반대 속성을 지녔다.

물의 창과 불의 창, 그 끝과 끝이 서로 맞부딪친 순간, 불의 창은 위력을 잃고 불똥이 되어 바닥에 떨어졌다.

반면 물의 창은 조금도 그 위력을 잃지 않은 상태로 곧장 브람을 향해 날아갔다.

"으아악!"

완전히 방심하고 있던 브람은 그 공격을 피하지 못했다. 창이 브람의 몸에 직격했다.

몸통을 가격한 충격 탓에 폐에서 공기가 빠져나왔다. 브람은 신음 소리를 내며 바닥에 무릎을 꿇었다.

불과 수십 초 만에 벌어진 일이었다.

하지만 둘의 실력 차이가 확연하다는 사실은 이 자리에 있는 모든 이들이 이해할 수 있었다.

그건 브람 본인도 어렴풋이 느꼈을 것이다.

하지만 브람으로서는 그 사실을 인정할 수 없었다. 결코 인정할 수 없었다.

때문에 이 한마디가 입 밖으로 흘러나왔다.

"큭, 말도 안 돼……."

배를 억누르면서도, 고개를 아래로 숙이는 것만큼은 죽어도 할 수 없었다.

브람은 자존심 하나만으로 아픔을 견디며 고개를 들어 페이를 쳐다보았다.

그리고 다시금 분노했다.

페이의 그 무덤덤한 표정을 보고서.

그 순간 브람의 머릿속에서, 과거 페이가 『전율의 마술사』라 불리며 추앙받았던 시절의 기억이 스쳐 지나갔다.

브람 따위는 안중에도 없었다.

주위 사람들의 찬사가 끊이질 않았음에도 받음에도 불구하고, 형은 그것이 마치 당연하다는 듯 무덤덤한 태도였다.

칭찬받는 걸 자못 당연하게 여기던 그 모습이 브람은 너무나도 부러웠다. 그렇기 때문에 미워했다.

자신이 얻지 못한 걸 당연하다는 듯 얻고 있는 형을 미워했다.

"야……."

브람은 페이에 대한 증오가 부글부글 끓어올랐다.

그런 브람의 속마음을 알지 못했던 페이는 지금 이 상황과 어울리지 않는 평온한 목소리로 물었다.

"넌 그날 이후로 6년 동안 대체 뭘 한 거지? 중급 마법을 쓸 수는 있지만 마력 조성이 허술해서 마법 자체의 위력도 낮아. 그동안 자기보다 약한 사람을 괴롭히는 일에만 열중했나 보지?"

"시끄러. 방금 그건 속성의 상성 탓이라고! 【플레임 랜스】!"

이거야 원. 페이는 손이 많이 가는 남동생을 챙기는 형 같은 태도로, 자신 역시 마법을 행사했다.

"【플레임 랜스】."

브람의 아까 그 발언을 반박하기 위함인지 페이는 브람과 같은 속성의 마법을 행사했다.

페이의 화염 창이 브람의 불의 창을 집어삼켰다.

"뭣이……!"

"이제 알았겠지? 넌 네 실력을 너무 과신하고 있어."

"닥쳐, 닥쳐, 닥쳐!"

브람은 거칠게 외치면서 페이를 노려보았다.

"넌 옛날부터 그런 식으로 잘난 척하며 남을 가르치려 들었지!"

"……."

"맨날, 맨날, 맨날, 맨날! 나하고는 비교도 안 될 만큼 부모님한테 애정을 듬뿍 받아 놓고선 그게 당연하다는 듯이 굴고 말이야!"

"애정……이라. 그딴 건 애정이 아니야. 그건……."

부모의 가식이었다.

일반적인 부모가 자기 자식에게 쏟는 애정은 결코 아니었다.

그렇게 말을 덧붙이려고 했지만, 브람이 그 말을 가로막으며 끼어들었다.

"타고난 네가 뭘 알아! 내가 네놈을 얼마나 미워했는지! 네가 가진 걸 얼마나 부러워했는지!"

"그게, 나를 죽이려고 한 이유였냐?"

"——큭, 그래, 그래서 뭐!"

"그렇구나. 어쩐지 네 마법이 약하더라."

"뭐야?!"

"자기보다 강한 사람은 제거하고 자기보다 약한 사람을 괴롭히며 즐기는 녀석이, 자신의 힘을 과신하는 녀석이 성장이란 걸 할 리가 없지."

"훗, 후후후후…… 하하하하하……!"

갑자기 브람이 미친 듯이 웃음을 터뜨렸다.

"오, 오라버니?!"

브람의 갑작스러운 모습에 에리스는 이루 말할 수 없는 불안감과 공포감을 느꼈는지 머뭇거리며 브람에게 말을 걸었다.

하지만 지금 브람의 눈에는 오직 페이 한 사람밖에 들어오지 않았다.

"성장이란 걸 할 리가 없다, 방금 그렇게 말했지? 설마 내가 얻은 힘이 고작 마법밖에 없을 줄 알아?!"

"아니, 정령술사밖에 행사할 수 없는 마법도 쓸 수 있다는 건 당연히 알고 있지."

"그래, 네가…… 모든 면에서 날 이겼던 네가 유일하게 얻지 못했던 그 힘을, 나는 쓸 수 있단 말이다!"

"오라버니, 그 힘은 사용하시면 안 돼요!!"

브람이 지금 무슨 일을 벌일지 짐작한 에리스가 브람을 말렸다.

"시끄러!"

"꺄악!"

브람이 자기 팔을 잡아 만류하던 에리스를 뿌리쳤다.

"네놈에게 보여 주마. 그리고 뼈저리게 느끼게 해 주마! 마술사는 결코 정령술사를 이길 수 없음을!!"

"이 마당에 묻기도 좀 그렇지만, 일단은 한번 물어볼게. 그걸 지금 이 자리에서 쓸 생각이냐?"

"난 보넷 가문의 사람이야! 뭐든 내 마음대로 할 수 있다고!"

브람 주위의 마력이 높아졌다.

『──나와 계약을 맺은 고결한 정령이여.』

『그대, 내 마력을 양식으로 지금 이 자리에서 그 위대한 힘을 보여 다오!』

『──현현하라, 플레임 울프!!』

──이글거리는 화염을 몸에 두른 늑대가 지금 이 자리에 모습을 드러냈다.

한데 뭉뚱그려 정령이라 일컫긴 하지만, 정령은 크게 세 가지 타입으로 분류할 수 있다.

첫 번째는 짐승 형태를 한 타입

두 번째는 인간 형태를 한 타입.

그리고 세 번째는 짐승 형태로도 인간 형태로도 자유자재로 모습을 바꿀 수 있는 타입이었다.

짐승 형태는 급이 낮은 정령 중에 많았다. 계약자를 잘 따르는 편이었기에 다루기 쉬운 반면, 한 번 폭주하면 제어하기 힘들었고 힘은 인간 형태보다 뒤떨어졌다.

인간 형태는 급이 높은 정령에 많았다. 인간과 유사한 지능을 가지고 있기에 자아가 강하여 다루기 힘들지만, 짐승 형태보다 강한 힘을 지녔다.

그리고 짐승 형태로도 인간 형태로도 자유자재로 모습을 바꿀 수 있는 타입의 정령은 최상급 이상의 정령밖에 없었고, 앞서 말한 두 타입의 정령보다 훨씬 강대한 힘을 지녔다.

강한 순으로 제왕급, 최상급, 상급, 중급, 하급, 최하급, 이렇게 여섯 가지로 나뉜다. 제왕급의 경우에는 각 속성에 하나씩밖에 존재하지 않는다.

『──현현하라, 플레임 울프!』

화염을 몸에 두른 그 늑대는 자신에게 접근하는 모든 것을 불태워 버릴 것만 같이 뜨거운 열기를 내뿜고 있었다.

중급 정령, 플레임 울프였다.

정령이 소환되자 주위 학생들이 동요하기 시작했다.

중급 정령.

상급생이라면 몰라도, 이제 갓 입학한 신입생이 중급 정령과 계약한 건 드문 일이었다.

신입생 대부분은 하급 정령과 계약했기 때문이다.

또한 상급생 중에서도 중급 정령밖에 계약하지 못한 자가 수두룩했다. 말려야겠다고 판단을 내린 학생이 강력한 정령을 사역하고 있는 자가 많이 소속된 학생회 임원을 부르러 갔다.

주위의 긴박한 분위기와는 달리, 페이는 한없이 차분했다.

"어떠냐, 이것이 바로 나와 계약한 정령이다! 자, 나에게 무릎 꿇고 빌어! 그리고 걔를 내팽개치고 어디 한번 꽁지가 빠져라 도망쳐 봐! 그럼 봐줄지도 모르지!"

이것……? 페이는 브람이 한 그 말에 눈썹을 움찔거렸다.

페이는 정령을 물건 취급하는 듯한 그 표현에, 그 말투에 발끈했다.

살짝 노기를 담아 대답한다.

"거절하지."

"흥! 과연 언제까지 그렇게 도도한 척할 수 있을까?! 【플레임 니들】!"

플레임 울프가 페이 쪽으로 꼬리를 틀더니, 그 꼬리에서 불 바늘이 수도 없이 발사되었다.

이것이 바로 불의 하급 정령 마법 【플레임 니들】.

바늘 같은 불꽃이 무수히 날아든다. 그 하나하나가 강대한 힘을 지니고 있었다.

페이는 그것들을 냉정하게 지켜보고는, 자신의 뒤쪽에 있는 멜리아를 확인했다.

피할 수는 있다. 하지만 그랬다가는 멜리아가 맞고 만다.

그렇게 판단한 페이는 불의 바늘이 날아오는 쪽을 향해 오른손을 뻗었다.

"【워터 월】."

페이의 눈앞에 폭포 같은 형상을 한 벽이 나타나 불의 바늘을 완전히 막아 냈다.

목표물에서 벗어난 불 바늘이 땅바닥에 꽂혔다. 그러자 노출되어 있던 땅이 타오르더니 그 자리에 마치 크레이터 같은 자국이 생겼다.

정령 마법이 지닌 위력이 얼마나 굉장한지 확인할 수 있는 광경이었다.

하지만 브람이 행사한 마법의 위력을 칭찬하는 사람들의 반응보다는, 그만한 마법을 받았음에도 완전히 상쇄해 낸 페이에게 감탄하는 사람들의 반응이 더 많았다.

브람은 그 사실에 더더욱 짜증이 났다.

"이럴 수가, 중급 마법으로 하급 정령 마법을 완전히 막다니?!"

"브람, 보는 사람이 이렇게 많은 데서 정령 마법을 쓰다니……. 주변 사람들이 휘말려도 상관없다는 거냐?"

"흥, 알 게 뭐야. 약해 빠진 것들은 그저 도태될 뿐이라고!"

"그래? 그게 네 사고방식이란 말이지……. 그런데 왜 중급 정령 마법을 쓰지 않았지?"

브람이 사역 중인 플레임 울프는 중급 정령이다.

최하급 정령 마법부터 중급 정령 마법까지 쓸 수 있을 터였다.

하지만 브람은 무슨 이유에서인지 중급 정령 마법이 아닌, 그보다 위력이 낮은 하급 정령 마법을 행사했다.

그러한 사실에서 도출할 수 있는 답은 단 하나밖에 없었다.

"실은 이미 마력이 한계에 다다른 거지? 이제 그만 이 헛된 싸움을 끝내는 게 어때?"

"한계라고? 난 브람 보넷이다. 너 따위랑 싸운다고 내가 한계에 다다를 것 같아?!"

"넌 참으로 어리석구나."

"정 그렇게 원한다면 보여 주마! 【플레임 애로】!!"

아까 행사한 정령 마법보다 갑절은 더 커다란 불의 화살이 이번에도 페이를 노리며 덮쳐들었다.

불의 중급 정령 마법 【플레임 애로】였다.

그 화살은 아까 페이가 전개한 폭포 벽을 관통했다.

"뒈져라!!"

페이가 눈을 감았다.

브람은 그런 페이의 모습을 보고 잔뜩 신이 나 그런 소리를 외쳤을 것이다. 체념한 거라 여겼기 때문이다.

하지만 브람은 착각하고 있었다.

페이는 체념한 게 아니었다. 어떻게 불의 화살을 '제거'할지, 그 방법을 고민했을 뿐이었다.

"어쩔 수 없지. 그걸 써야겠어……."

페이는 감았던 눈을 뜨고는 자신을 향해 또렷이 다가오는 불의 화살을 응시했다.

그러고는 아까와 마찬가지로 오른손을 뻗어 명창했다.

"【워터 웨이브】! 【————】!"

페이는 물의 상급 마법 【워터 웨이브】를 행사했다.

전개된 물의 파도가 땅울림을 동반하며 불의 화살로 향했다.

그리고 그때 발생한 소리 때문에 페이가 행사한 또 하나의 마법명을 이 자리에 있는 그 누구도 듣지 못했다.

물의 파도가 불의 화살을 완전히 집어삼켰고, 파도에 휩쓸린 브람이 맹렬한 기세로 나무에 부딪쳤다.

"크억!"

플레임 울프는 가까스로 계속 서 있었지만, 그 몸에 두른 화염은 한층 더 작고 약해진 상태였다.

놀랍게도 페이가 행사한 물의 파도는 브람과 플레임 울프 말고는 그 누구도 덮치지 않았다.

절묘한 마력 조작을 통해 파도를 쓸데없이 넓게 퍼뜨리지 않고 오직 대상만을 일직선으로 정확하게 맞혔다.

전율했다. 이 자리에 있는 모든 이들은 그저 전율할 뿐이었다.

지금까지 있었던 이 짧은 시간 동안 대체 이 소년에게 몇 번이나 두려움을 느꼈는가.

그렇기에 그는 '전율의 마술사'였다.

"어, 어째서 네놈이 상급 마법을 쓸 수 있는 거지······?"

"어째서냐니? 6년 전에도 중급 마법을 썼으니, 지금 상급 마법을 쓴다고 해서 이상할 건 없잖아?"

"아무리 그래도 그렇지, 이상하잖아! 상급 마법으로 중급 정령 마법을 막을 수 있다면, 마술사는 이미 옛날 옛적에 정령술사를 압도했을 거라고!"

"내가 행사한 【워터 웨이브】는 일반적인 【워터 웨이브】보다 범위가 더 좁아."

"그게 뭐 어쨌다는 건데!"

"그게 무엇을 뜻하는지, 모르겠냐?"

페이가 브람에게 그렇게 묻자, 뒤에서 멜리아가 "아!" 하고 소리를 질렀다.

그 소리를 들은 페이는 미소를 지으며 멜리아를 바라보더니 기쁜 기색으로 말했다.

"그래, 멜리아는 이해한 모양이구나. 역시 옛날부터 마법 공부를 열심히 한 게 어디 안 가나 봐."

"아, 네!"

멜리아는 그런 페이에게 기쁜 기색으로 대답했다.

"그게 무슨 소리야!"

브람은 나무에 부딪치는 바람에 아플 텐데도 따지듯 큰 소리로 물었다.

주위에 있는 사람들은 그런 브람을 경멸 어린 눈빛으로 쳐다보았지만, 페이밖에 눈에 들어오지 않았던 브람이 그 사실을 알 리 없었다.

"마력을 압축해서 범위를 좁히는 대신, 높은 위력의 마법을 좁은 범위에 행사한 거야."

"그, 그건 불가능해!"

"내가 마력 조작에 능숙하다는 거, 알잖아?"

페이는 아무렇지 않다는 듯이 얘기했지만, 사실 그건 상상을 초월하는 능력이었다.

만약 모든 이들이 그럴 수 있었다면 마술사는 이미 옛날 옛적에 정령술사를 압도했을 것이다.

"아, 아직 끝나지 않았어!"

"이제 그만해. 마력도 거의 바닥났잖아?"

"나에게 이래라 저래라 하지 마! 야, 이 망할 울프 자식아! 당장 마법을 쓰지 않고 뭐 해!"

브람이 자신에게 남아 있던 한 줌밖에 안 되는 마력을 쏟아 부었음에도 플레임 울프는 꿈쩍도 하지 않았다.

아무런 반응도 보이지 않고서 마치 돌처럼 딱딱하게 그 자리에서 있을 뿐이었다.

"이, 이게 어떻게 된 거야!"

"소용없어. 네 정령은 한동안 움직이지 못해."

"대체 무슨 짓거릴 한 거지……?"

그 말을 통해 자신의 정령이 꼼짝도 하지 않는 원인이 페이에게 있다고 판단한 브람이 페이를 노려보면서 물었다.

"내가 만든 마법이자, 오직 나밖에 행사할 수 없는 마법, 계통외 마법 【엘리멘탈 컨트롤】. 이 마법은 정령의 움직임을 일시적으로 멈출 수 있지."

"그런 마법을 만들 수 있을 리……!"

"뭐, 사실 이 마법을 쓰는 데는 여러 가지 제약이 있긴 해. 내가 그때 정령 계약에 실패하는 바람에 이 마법을 쓸 수 있게 된 거니까 여러모로 복잡한 심정이지만."

"그게 무슨 소리야?"

"글쎄? 자, 이제 어쩔까. 원래라면 널 이대로 잠재울 생각이었지만, 나도 좀 화가 났거든? 아무래도 벌을 좀 줘야 될 것 같은데……."

"무슨 짓을 하려고? 난 보넷 가문의……."

"그 소린 이제 그만해. 귀에 딱지 않겠다. 【록 볼】."

땅의 초급 마법 【록 볼】.

흙덩어리 몇 개가 브람의 머리 위에서 나타나더니 곧장 그 머리를 직격했다.

"으윽!"

"자, 이제 이걸로 끝.【록 볼】."

페이는 브람에게 충분히 벌을 준 뒤, 마지막으로 흙덩어리 하나를 출현시켜 브람의 복부를 향해 맹렬한 속도로 내쏘았다.

그걸 정통으로 맞은 브람은 침을 튀기며 배를 누르다가 그대로 바닥에 쓰러졌다.

페이가 기절한 브람을 가만히 봤다. 기쁨, 미움, 실망…… 그 어떠한 감정도 내비치지 않고, 그저 무표정하게.

이윽고 브람으로부터 눈길을 돌리고 교문으로 걸어갔다.

그런 페이에게 뒤에서 말을 거는 사람이 있었다.

"저어, 페이 오라버니……."

말을 건 사람은 페이의 여동생 에리스였다.

머뭇거리며 말을 거는 에리스는 눈앞에 있는 사람이 지금껏 죽은 줄로만 알았던 자신의 오빠라는 사실을 다시금 확인했다. 또다시 눈시울이 뜨거워져 눈을 깜빡였다.

시야가 흐릿해졌다.

페이는 그런 에리스를 흘끗 쳐다보더니,

"에리스 양. 전 더 이상 당신의 오빠가 아닙니다……."

그렇게 싸늘하게 내뱉으며 자리를 떠났다.

"오라버니……."

에리스는 비통한 듯 눈을 내리깔았다.

페이가 살아 있음을 알았을 때 흘린 눈물은 기쁨의 눈물이었다.

하지만 지금 흘리는 눈물은 그것과는 전혀 다른 감정에서 비롯되었다. 그것이 슬픔에서 비롯된 눈물이라는 사실은 에리스 본인이 가장 잘 알고 있었다.

——삐익~!

피곤했던 페이는 집으로 돌아오자마자 곧장 침대 위에 몸을 맡기고 싶다는 충동을 가까스로 억눌렀다. 그러고는 가볍게 저녁 식사를 들고 목욕을 마친 뒤 침대 위에서 조용히 잠들었다.

그런 와중에 갑자기 벨 소리가 울리는 바람에 눈을 떴다.

시계를 보니 이미 심야라 할 수 있는 시간대였다.

이런 늦은 시간에 자신을 찾아올 사람이 누가 있지? 그런 생각에 잠겨 있던 페이를 부르듯 다시금 벨 소리가 울렸다.

더 이상 생각해 봤자 뚜렷한 답도 나오지 않을 것 같았기에, 페이는 일단 현관문을 열기로 했다.

그러자 그곳에는 전혀 생각지도 못한 사람이 있었다.

"저기, 페이 님. 오늘 밤, 재워 주실 수 있나요……?"

문 앞에는 부끄럽다는 듯이 고개를 푹 숙인 채 몸을 떠는 멜리아가 있었다.

제8화 보넷 가문의 내부 사정

"그래서, 갑자기 우리 집엔 왜 온 거야?"

현관에서 계속 대화하받기도 찝찝해서, 페이는 일단 멜리아를 자신의 방으로 들였다.

멜리아는 페이의 안내를 받으며 조심스럽게 방구석에 앉았다.

그리고 페이의 물음에 자그마한 목소리로 답하기 시작했다.

"그 저택에 있기 좀 거북해지는 바람에……."

"그 저택? 보넷 가문의 저택을 말하는 거야?"

"네."

"무슨 일이라도 있었어?"

"실은, 브람 님께서……."

──몇 시간 전.

"이게 대체 어떻게 된 일이야?!"

구경하던 학생으로부터 얘기를 듣고 달려온 학생회 부회장 세실리아 보넷은 바닥에 쓰러진 채 기절한 남동생 브람과, 주변 일대의 바닥에 구덩이가 잔뜩 파인 광경을 보고는 예사로운 사태가 아님을 느끼고 학생들에게 물었다.

"앗, 세실리아 언니……."

"에리스! 무슨 일이 있었던 거니?"

"그게, 오라버니랑 오라버니가 싸우는 바람에……."

"오라버니랑 오라버니라고?"

에리스가 무슨 말을 하는지 이해하지 못한 세실리아는 의아한 기색이었다.

"으윽……."

그때 브람이 정신을 차렸다.

소심하고 겁이 많은 에리스에게 묻기보다는 브람에게 묻는 게 좋을 거라 판단한 세실리아는 질문 상대를 바꾸었다.

"브람, 무슨 일이 있었지?!"

"별일 아니야."

페이에게 왕창 깨졌다고 말하는 건 자존심이 허락하지 않았는지 브람은 아무 말도 하지 않았다.

그저 괴로운 듯 배만 누를 뿐이었다.

"별일 아니라고……? 뭐, 일단은 됐어. 얘기는 나중에 천천히 들으면 되니까. 일단은 치료부터……."

"이 정도는 아무렇지도 않아!"

브람은 그렇게 말하며 자리에서 일어나더니 비틀거리면서도 스스로 걸어가려고 했다.

"잠깐 기다려!"

브람은 세실리아의 만류에도 불구하고 마치 도망치듯 그 자리를 떠났다.

세실리아, 에리스, 멜리아는 그런 브람의 뒤를 쫓았다.

저택에 도착한 뒤, 세실리아는 그때 무슨 일이 있었는지 한사코 입을 열지 않는 브람 때문에 다시금 에리스에게 사정을 물었다.

에리스는 브람을 흘끗 쳐다보면서 입을 열었다.

"그, 페이 오라버니가……."

"쓸데없는 소리 하지 마!"

하지만 브람이 벌컥 화를 내자 에리스는 몸을 움찔 떨더니 그대로 입을 다물어 버렸다.

"페이? 페이가 뭐 어쨌는데?"

하지만 세실리아는 에리스가 입에 담은 페이…… 그 단어에 민감하게 반응했다.

아니, 오히려 이런 반응이야말로 정상적일 테지.

"페이 님께서 살아 계셨어요!"

그런 세실리아에게 대답하듯 멜리아가 기쁜 기색으로 말했다.

"페이가 살아 있었다고?!"

때마침 방 안에 들어온 보넷 가문 당주 알렉스 보넷은 깜짝 놀라 그렇게 외쳤다.

그와 동시에 곁에 있던 아디 보넷도 경악한 표정을 지었다.

"페, 페이가 정말 살아 있었단 말이야?"

세실리아가 에리스의 두 어깨를 움켜쥐며 확인하듯 물었다.

"네, 페이 오라버니는 살아 계셨어요."

그 말을 들은 세실리아는 입가를 누르며 당장에라도 흘러넘칠 것 같은 눈물을 가까스로 참았다.

지금 이 자리에 있는 자들은 자신이 느끼는 심정에 따라 두 부류로 나뉘었다.

페이가 살아 있음을 진심으로 기뻐하는 자.

페이가 살아 있음을 진심으로 꺼리는 자.

그런 와중에 브람이 느닷없이 입을 열기 시작했다.

"그 녀석이, 페이가 저희에게 다짜고짜 마법을 날려 댔습니다! 섣불리 피했다가는 에리스가 당할 것 같아서 제가 에리스를 대신해 마법을 맞았고, 나중에 정신을 차리고 나서야 제가 기절했었다는 걸 알았죠……."

"그, 그런 일은……."

멜리아가 반론하려고 했지만 브람이 그 말을 가로막았다.

"내가 뭐 잘못 말한 거 있어?! 그러는 너도 내가 나서지 않았으면 위험할 뻔했잖아!!"

브람의 진술.

그리고 아까 페이와의 전투에서 브람이 무의식적으로 입에 담았던 말.

그러한 것들이 맞물려, 에리스와 멜리아는 브람이 과거에 무슨 일을 저질렀었는지 슬슬 알아차리기 시작했다.

"그래, 페이가 살아 있었단 말이지? 그만한 일을 당했으니 너희를 습격해도 이상할 건 없겠군……. 브람, 이 아이들을 훌륭히 잘 지켜 주었구나!"

"아뇨, 전 그저 당연한 일을 했을 뿐이니까요……."

"저기, 아버님. 실은 그게 아니라…….”

에리스가 필사적인 심정으로 입을 열었지만, 알렉스는 이렇게 말하며 말을 가로막았다.

"에리스, 남의 도움을 받은 건 결코 부끄러운 일이 아니란다. 너도 여자니까. 오히려 믿음직한 오빠를 둔 걸 자랑스럽게 여기도록 하거라.”

그 일이 있은 후, 에리스와 세실리아는 브람과 살짝 거리를 두기 시작했다.

"…….”

브람의 터무니없는 거짓말에 페이는 그만 할 말을 잃고 말았다.

"저기, 페이 님?”

멜리아가 그런 페이를 걱정스럽게 살피며 말을 걸었다.

"아, 미안해. 그래서 내가 있는 데로 왔던 거구나.”

"네, 브람 님 곁에 있기 싫었거든요…….”

"뭐, 딱히 신경 쓸 건 없어. 그건 그렇고 우리 집 주소는 어떻게 안 거야?”

"세실리아 님께 알아봐 달라고 부탁드렸어요.”

"아, 그랬구나. 그러고 보니 학생회 부회장이었던가? 그건 그렇고, 브람은 지금 뭘 하고 있지?”

"제가 저택을 나왔을 무렵에는 자신의 방에서 휴식을 취하시는 것 같았어요. 정령을 현현할 수 없는 것 같던데요…….”

"아, 그건 시간이 지나 마력이 회복되면 다시 현현할 수 있긴

해⋯⋯. 뭐, 이것도 그 녀석에겐 좋은 교훈이 될지도 모르겠군."

"저, 저기⋯⋯."

"응?"

멜리아가 페이로부터 살짝 거리를 두더니 어딘가 겁먹은 듯한 기색으로 페이를 보았다.

그러고는—— 넙죽 몸을 엎드렸다.

"어? 아니, 잠깐⋯⋯."

"페이 님, 알렉스 님께 사실대로 말씀드리지 못해서 정말 죄송해요! 이 벌은 달게 받을게요!"

"아니, 벌이라니⋯⋯ 어?"

페이는 멜리아의 갑작스러운 행동에 그저 당혹스럽기만 할 따름이었다.

고개를 든 멜리아의 눈동자에는 각오가 깃들어 있었다.

하지만 페이가 봤을 때 멜리아가 굳이 그런 각오를 해야 할 이유는 전혀 없었다. 오히려 방해밖에 되질 않았다.

페이는 잠시 생각했다가 행동에 나섰다.

"멜리아, 난 널 탓할 생각은 전혀 없어."

페이는 멜리아의 머리를 부드럽게 어루만지면서 말했다.

페이가 자신의 머리를 쓰다듬고 있음을 알아차린 멜리아가 고개를 빨갛게 물들였다.

하지만 페이는 그런 건 개의치 않고 말을 이어 나갔다.

"애당초 너에게 책임은 없어. 벌을 받아야 할 죄를 지은 건 더더욱 아니고."

"하, 하지만, 저는…….."

"멜리아, 넌 신경 쓸 것 없어. 애초에 이번 일은 너하고 상관없으니까. 너무 깊이 관여하지 않는 게 좋을 거야."

너하고는 상관없다…… 그 말에 멜리아는 가슴이 쓰라렸다.

페이는 멜리아의 머리에서 손을 떼고는 문득 천장을 올려다보며 중얼거렸다.

"게다가…….."

"네……?"

하지만 페이는 거기까지 말하다 말고 입을 다물어 버렸다.

멜리아는 그런 페이를 걱정스러운 눈길로 바라보았다.

"아니, 아니야. ……아무것도 아니야."

페이는 머리를 흔들며 얼버무렸다.

원래라면 이렇게 말을 이을 생각이었다.

다른 가족들에게 사실대로 알려 봤자 달라질 건 없다고.

자신을 죽이려고 했던 알렉스가 사실을 알아 봤자 자신을 편들리도 만무하다고.

그러기는커녕 오히려 머지않아 반드시 자신을 제거하려고 들거라고.

페이는 그 말을 입에 담으려다가 말았다.

멜리아가 굳이 알 필요는 없으니까 말이다.

"꼬르르륵…….."

맥 빠진 소리가 방 안에 울려 퍼졌다.

"멜리아, 배고파?"

"하으, 그, 그게……."

멜리아는 너무 부끄러웠던 나머지 당장에라도 울음을 터뜨릴 것만 같았다.

얼굴을 새빨갛게 물들이고는 고개를 푹 숙였다.

"빵이라도 먹을래? 나도 좀 출출해서."

"감사합니다…."

어지간히도 배가 고팠던 모양인지, 멜리아는 빵을 받자마자 마치 햄스터처럼 볼이 미어질 정도로 입안에 가득 밀어 넣었다.

페이는 그런 멜리아를 보면서 흐뭇한 기분이 듦과 동시에 그리움을 느꼈다.

그 후, 페이는 자기 전에 이미 샤워를 했기 때문에 멜리아만 욕실에 들어갔다.

욕실에서 나온 멜리아가 머리를 수건으로 닦는 모습을 보고 가슴이 설렌 건 페이만의 비밀이었다.

그리하여 드디어 잠자리에 들 시간이 되었는데…….

"그럼 난 바닥에서 잘 테니까, 혹시 내 침대라도 괜찮다면 써."

"아뇨, 신세지는 몸으로 그럴 순 없어요!"

"아니, 옛날에 여자애를 바닥에서 재우면 안 된다고 들었거든……."

"네……?"

누구에게 그런 얘길 들었는가, 그건 말할 것도 없이 라나였다.

"저어, 혹시 괜찮으시다면 같이 침대에서 주무시지 않을래요?"

"아니 아니 아니, 아무리 그래도 그건 아니지!"

분명 페이의 침대는 1인용치고는 다소 넓은 편이었기에 아슬아슬하게 두 사람이 잘 수는 있었다.

페이가 이러지도 저러지도 못하고 망설이고 있을 때였다. 멜리아가 "저, 저기……." 하고 입을 열었다.

"저라면 괜찮아요!"

뭐가?!

페이는 내심 그렇게 따지고 들었지만, 그걸 굳이 표정으로 드러내지는 않았다.

이건 페이가 라나와 같이 생활하는 동안 습득한 스킬, '포커 페이스'였다.

"아니, 그러니까 여자애랑 같이 자는 건 아무래도 좀……."

"괜찮아요! 전 페이 님을 믿으니까요!"

아니, 그걸 믿어도 곤란한데.

그게 페이의 솔직한 심정이었다.

혹시 멜리아는 자신을 남자로 여기지 않는 게 아닐까……. 페이는 남자의 자존심에 금이 가는 걸 느꼈다.

하지만 그렇다면 자신도 멜리아를 특별히 의식하지 않고, 그냥 소꿉친구랑 같이 자는 거라 여기면 된다.

페이는 자기 자신에게 그렇게 암시를 걸었다.

결국 둘이서 같이 한 침대에서 자기로 했다. 그런데 곰곰이 생각하던 도중에, 이런 상황은 라나와의 생활을 통해 이미 익숙해진 게 아닐까 싶은 생각이 문득 들기도 했다.

라나와 함께했던 생활…….

욕실에 있으면 느닷없이 들이닥치고, 옷 갈아입는 걸 훔쳐보거나, 아침에 일어나고 보면 어째선지 자신의 침대에서 라나가 자고 있는 등…….

페이는 옛날 일들을 회상하다가 문득 한 가지 사실을 깨달았다.

라나는 한 번도 정상적으로 생활한 적이 없었음을.

제9화 각자의 비밀

"으응……."

조용한 방에 천 자락이 사락사락 스치는 소리와 숨소리가 들려왔다.

페이의 의식이 서서히 맑아졌다.

따뜻하고 부드러운 무언가가 자신의 등과 맞닿아 있음을 느끼고 그쪽으로 고개를 돌리니, 그곳에는 멜리아가 규칙적인 숨소리를 내며 곤히 자는 중이었다.

페이는 둘이서 한 침대에서 자고 있음을 새삼 인식하고는 얼굴이 화끈 달아오르는 걸 느꼈다.

서둘러 침대 밖으로 나와 살짝 기지개를 켠 다음 오늘 일정을 생각해 보았다.

시계를 보니 아직 등교하기에는 이른 시간이었기에 멜리아가 좀 더 자게 내버려 두기로 했다.

페이가 커피를 마시며 갓 구운 토스트를 베어 먹고 있을 때, 멜리아가 그 냄새에 이끌린 듯 살며시 눈을 떴다.

"안녕, 멜리아."

"아, 안녕히 주무셨어요, 페이 님."

"간단한 것밖에 없지만, 아침 먹을래?"

"네!"

멜리아는 아침밥이란 소리에 눈을 번쩍 뜨고 몸을 일으켰다. 페이는 그런 그녀의 모습에 쓴웃음을 지으며 식사를 준비했다.

빵을 베어 먹는 멜리아를 곁눈질로 바라보면서 이미 식사를 마친 페이는 학교 갈 준비를 했다.

잠시 후에 멜리아도 식사를 마치고 짐 속에서 교복을 꺼내기 시작했다.

"어라? 옷을 수선했나 보네."

"아뇨, 미리 여러 벌 준비해 놨거든요⋯⋯."

역시나 페이가 있으니 부끄러운 모양인지 멜리아는 옷 갈아입기를 머뭇거렸다.

멜리아는 딱히 별다른 말을 하지 않았지만, 머뭇머뭇하는 그 모습을 보고 있으니 페이로서는 괜히 장난을 치고 싶은 마음도 들지 않았다.

페이는 밖에서 기다리고 있겠다는 말만을 남긴 뒤 문을 열고 밖으로 나갔다.

몇 분 후에 교복으로 갈아입은 멜리아가 나왔다. 둘은 함께 학교로 향했다.

페이와 멜리아가 학교에 도착하자, 길을 포장한 벽돌이 군데군데 떨어져 나가고 그 밑의 땅바닥이 고스란히 드러난 광경이 눈에 들어왔다. 게다가 마치 크레이터가 생긴 것처럼 곳곳에 구덩이가 파여 있기까지 했다.

대체 누가 이런 짓을 한 거야…… . 그 광경을 본 페이는 반쯤 현실을 외면하는 생각에 잠겼다.

나중에 혼나는 게 아닐까 끙끙대면서 교실로 갔다.

교실에 도착했는데 아무도 없었다.

페이는 교실 안에 걸린 시계를 보면서 자신이 조금 일찍 왔나 싶었다. 일단 자기 자리에 앉기로 했다.

오른쪽 뒤편에서 부스럭거리는 소리가 들렸다. 멜리아가 어떤 책을 꺼냈다.

페이는 그 책이 낯이 익었다.

"이거 그리운데? 아직도 이 책 가지고 있었구나."

"아, 네!"

페이가 자리에서 일어나 가까이 다가오자 멜리아는 깜짝 놀랐는지 책에서 눈을 떼고 페이를 쳐다보았다.

"『최하급 마법의 실용성과 운용성』. 오늘날 최하급 마법은 거의 사용되지 않는다고 봐도 무방하지만, 그런 최하급 마법에도 모종의 가치가 있을지도 모른다고 서술한 서적이지. 그러고 보니 너랑 만났을 적에 이 책을 줬던가?"

"네! 최하급 마법밖에 사용하지 못해 늘 괴롭힘 당하던 저를 도와주셨을 적에, 그럼 이 책을 한번 읽어 보라며 건네주셨어요."

"설마 아직도 가지고 있을 줄은 몰랐어. 게다가 이렇게 다 닳을 때까지 읽고 또 읽었다니. 정말로 열심히 공부했구나."

"가, 감사합니다…… ."

멜리아는 페이에게 칭찬을 받아 기뻤는지 흐뭇한 표정을 지었다.

페이는 그런 멜리아에게 한 가지 제안을 건넸다.

"옛날처럼 같이 마법을 연습해 보지 않을래?"

"아……! 어, 얼마든지요!"

멜리아와 페이가 그런 대화를 나누는 동안, 학생들이 하나둘 교실 안으로 모이기 시작했다.

"아, 페이 군, 안녕~. 멜리아 양, 이라고 했던가? 이른 아침부터 사이좋은데? 너희 대체 어느 틈에 그렇게 친해진 거니?"

다른 학생들과 함께 교실 안으로 들어온 아이리스가 페이와 멜리아가 대화를 나누는 모습을 보고는 그렇게 얘기했다.

멜리아는 그 말을 듣고 얼굴을 붉힌 채 고개를 푹 숙였지만, 웬일로 일찍 등교한 게이슨 때문에 대화의 주제가 다른 얘기로 넘어갔다.

"페이, 얘기 다 들었어!"

게이슨이 불쑥 그런 말을 꺼냈다.

"다 들었다니, 뭘?"

"뭐냐니, 네가 어제 보넷 가문 장남이랑 한판 붙어서 쓰러뜨렸다는 그 얘기 말이야. 아주 떠들썩하던데?"

그래서 어쩐지 다른 애들이 자신을 쳐다본 거였구나……. 페이는 그렇게 이해했다.

하지만 자신이 페이 보넷이라는 사실은 어째선지 퍼지지 않았다.

페이는 그 사실에 적잖은 위화감을 느끼며 게이슨의 말에 귀를 기울였다.

"그리고 아론 선생님은 아주 입이 귀에 걸리셨던데!"

"아론 선생님이? 왜?"

"야야, 마술사가 정령술사를, 그것도 칠대 공작가 후계자를 때려눕힌 거라고. 역사상 전무후무한 쾌거에 온 마술사들이 기뻐하고 있는데 당연한 거 아니겠냐!"

그 말을 들은 페이는 자신이 저지른 일을 다시금 인식했다. 그리고 살짝 후회했다.

페이가 입학 첫날에 다짐했던 학교생활 목표는 시작부터 파탄에 이르고 말았다.

교실 안에 학생 수가 늘어나기 시작하며 떠들썩해졌을 무렵, 갑자기 교실 문이 벌컥 열렸다.

"오오, 페이. 왔었구나!"

들어온 사람은 아론이었다.

아론은 페이를 발견하자마자 곧바로 다가왔다.

"아론 선생님, 무슨 일인가요?"

"무슨 일이긴 무슨 일이야. 정령술사를 이겼다면서? 이건 역사상 처음 있는 일이라고! 드디어, 드디어 내 꿈이——!!"

"아, 네에……."

게이슨처럼 한껏 흥분한 모습에 페이도 슬슬 진절머리가 나기 시작했다.

하지만 아론이 호출 관련 얘기는 언급하지 않았기에 가슴을 쓸어내렸다.

"응? 왜 갑자기 한시름 놓았다는 표정을 짓고 그래?"

"아뇨, 전 분명 어제 일 때문에 불려 나가지 않을까 싶었거든요. 바닥에 온통 구멍이 생겼잖아요."

"아, 그러고 보니 교장선생님이 불렀다. 미안해. 깜빡했구나."

"하아, 그만한 짓을 저질렀는데 역시 그냥 넘어갈 리가 없었네요. 선생님, 제 희망 물어내세요."

"아니, 미안하다니깐."

"그래서 언제 가면 되나요?"

"지금 가야 해, 지금! 지금 당장 교장실로 가!"

"넷?!"

그 말을 들은 페이는 황급히 교장실로 향했다.

교장실의 중후한 문 앞에 도착한 페이는 숨을 골랐다.

이윽고 페이는 긴장한 채 문을 탁탁 두드렸다.

그러자 안에서 "들어오세요." 하는 목소리가 들려왔다.

이 중후한 문 안쪽에서 들려오는 목소리라기에는 너무나도 어울리지 않는, 앳된 느낌이 남아 있는 목소리였다.

"——실례하겠습니다."

페이는 그 말에 따라 문을 열고 교장실 안으로 들어갔다.

방 안에 있는 책상이나 소파 등 중후한 가구들이 교장실에 걸맞은 엄숙한 분위기를 자아냈다.

방 안쪽에는 고급스러운 책상이 놓여 있었고, 책상 너머에는 학교의 교장…… 제시카 프리엘이 의자에 앉아 있었다. 이 엄숙한 분위기와는 조금도 어울리지 않는 모습이었다.

"당신이 페이 디르크 군인가요? 아, 굳이 제 소개를 하지 않아도 이미 알 거라 생각하지만, 제가 바로 이 학교의 교장인 제시카 프리엘이에요."

"페이 디르크입니다."

상대는 이미 자신의 이름을 알고 있었지만, 그렇다고 자기소개를 아예 생략하는 것도 어색한 느낌이 들어서 페이는 간략하게 자기 이름만 말했다.

"어쨌거나 거기에 앉으세요. 얘기는 그다음부터 하죠."

제시카가 소파에 앉도록 권하자 페이는 순순히 거기에 앉았다.

"자, 왜 여기에 불려 왔는지 아시나요?"

"어제 그 일 때문이죠?"

"네, 하지만 그 일 하나 때문에 부른 건 아니에요."

"그 일 하나 때문에 부른 게 아니라니…… 그게 무슨 말씀이신가요?"

"일단은 어제 있었던 일부터 얘기하죠."

"……"

"어제 일어났던 싸움 때문에 저희 학교 바닥에 구멍이 파인 건 잘 알고 있죠?"

"네, 오늘 아침 등교할 때 봤습니다. 저어, 혹시 제가 배상금을 내야 하나요?"

"아뇨, 그럴 필요 없어요."

페이는 속으로 가슴을 쓸어내렸다.

그리고 다음 대화로 이어졌다.

"그럼 다른 일은 무엇인가요?"

"아, 그랬죠. 실은 그 자리에 있던 학생들로부터 당신이 페이 보넷이라는 증언이 다수 들어왔거든요. 그걸 확인하고 싶어요."

"'옛날'에는 그랬죠."

"그런가요……."

제시카는 페이의 대답을 듣고 잠시 생각에 잠긴 기색이었다.

그리고 얘기하기 거북하다는 듯이 입을 열었다.

"당신이 보넷 가문에서 쫓겨나 살해당할 뻔했다는 얘기도 사실인가요?"

"네, 뭐. ……그렇군요. 그 일이 알려지지 않게 막은 건 바로 당신이었군요."

"네, 그 자리에서 쓸데없는 혼란을 일으키긴 싫었으니까요. 그 자리에 있던 학생들에게는 당신이 페이 보넷이라는 사실 및 그와 관련된 일에 함구령을 내렸어요. 이것도 다 어른의 불편한 사정 때문이지만요……."

도저히 어른으로 보이지는 않았지만 말이다. 특히나 겉모습이.

페이는 그런 생각이 들었지만, 제시카가 싸늘한 눈빛으로 쳐다보자 곧바로 그 생각을 머릿속에서 지웠다.

"이번 일은 당연히 국왕 폐하께 말씀드릴 겁니다만, 어제 있었던 일을 포함하더라도 보넷 가문에 별다른 제재는 없을 거예요."

"네, 알고 있습니다."

보넷 가문은 명문가이자 이 나라의 최고 전력이다.

그런 최고 전력에게 섣불리 제재를 가해 반역을 부추기는 것보다는 빚을 만들어 두는 게 훨씬 더 현명한 처사였다.

그게 바로 정치였다.

"하지만 그렇다고 해서 아무 일도 없었던 걸로 치부하면 국왕폐하의 권위가 실추될 우려가 있으니, 아마도 영지 일부가 몰수되는 선에서 정리되지 않을까 싶네요."

"그거면 충분해요. 어제는 저도 흥분한 바람에 상대를 도발한 점도 부정할 수 없으니까요. 게다가 이대로 가면 보넷 가문이 몰락할 날도 얼마 남지 않은 것 같기도 하고요……."

"그건 저도 동감이에요. 하다못해…… 아뇨, 지금 그 말은 잊어 주세요."

현재 보넷 가문의 영지에서는 지나친 세금 징수와 가혹한 부역, 병역 의무 등이 부과되는 바람에 주민들이 끔찍한 생활고에 시달리는 중이었다.

"이제 더 하실 얘기는 없으신가요?"

"아뇨, 아직 하나 남았어요."

"뭔가요?"

"엘리멘탈 컨트롤……."

"──아."

"정령을 일시적으로 지배하여 움직임을 봉인하는 마법. 듣자니그건 당신밖에 쓰지 못한다고 하던데, 대체 어떤 원리인가요?"

"그건 가르쳐 드릴 수 없습니다."

페이가 대답을 거절할 줄은 생각지도 못했는지, 제시카가 눈을 휘둥그레 치켜떴다.

"그건 어째서죠? 그 마법의 존재가 알려져도 상관없으니까 사용했던 것 아니었나요?"

"말씀하신 대로, 그 마법의 존재는 알려져도 별 상관은 없습니다. 하지만 마법 사용 조건 등을 알려드릴 순 없어요. 설령 알려드린다 한들 그걸 다룰 수 있는 사람은 한 줌밖에 안 되고요."

그 마법을 쓰려면 사용자가 어느 조건을 충족해야 한다.

하지만 그걸 말할 경우, 페이가 다섯 제왕수를 사역하고 있다는 의심을 사게 되는 건 필연적이었다.

그런 사태만큼은 피하고 싶었던 페이였기에 마법의 원리는 밝히지 않기로 마음먹었다.

"그런가요. 알겠습니다."

페이의 확고한 의지를 느꼈는지 제시카는 체념하고 다른 화제로 넘어갔다.

"당신이, 마술사가 정령술사를 물리쳤다는 사실은 정령술사와 마술사의 의식을 개선하는 데 분명 큰 도움이 될 거예요. 그건 제가 바라던 바이기도 하고요. 그 점에 관해서는 감사하다는 말씀을 드리고 싶어요."

"아뇨, 딱히 고맙다는 말을 들을 만한 일은 아닌걸요. 제가 그 자리에서 브람을 쓰러뜨린 건 그냥 제 개인적인 욕구에 불과했으니까요."

제시카는 이때 페이에게서 모종의 위화감을 느꼈다.

페이는 열세 살이다.

겨우 그 나이에 어떻게 이토록 어른스러운 태도로 대응할 수 있는 것일까.

대체 지금까지 무엇을 보고 무엇을 생각하며 살아온 것일까.

거기에까지 생각이 미치자 제시카는 가슴이 쓰라렸다.

페이는 그런 제시카의 심정을 아는지 모르는지, 자리에서 일어났다.

"그럼, 이만 실례하겠습니다."

페이는 그대로 방 밖으로 나가려고 했지만, 제시카의 책상 위에 놓여 있던 책 제목에 눈길이 갔다.

아니, 눈길이 가고 말았다.

『가슴을 키우는 방법』, 『키가 커지는 방법』, 『성숙한 여성이란』.

그 책을 소유한 사람이 지금 무슨 고민거리를 안고 있는지를 여실히 드러내 주는 책 제목이었다.

"교장선생님은…… 이미 충분히 매력적이세요."

페이는 자애롭게 웃으며 말한 뒤, 교장실을 나섰다.

제10화 VS 세실리아 (전편)

페이가 교실로 돌아오자, 마침 쉬는 시간이었기에 학생들이 떠들썩하게 대화를 나누는 중이었다.

"여어, 페이. 이제 오냐? 이제 곧 2교시 수업인데."

"벌써 시간이 그렇게 지났나……."

"무슨 일 있어?"

"아니, 아무 일도 없어."

페이는 게이슨과 잠시 대화를 나눈 뒤 자리에 앉았다.

그 뒤, 한껏 들뜬 기색으로 수업을 진행하는 아론의 수업 시간도 끝나고 점심시간이 되었다.

그건 그렇고, 교사가 수업 중에 콧노래를 부르고 허리를 흔들며 수업하는 모습은 정신 건강에 심히 나쁘지 않을까, 페이는 식당으로 향하면서 문득 그런 생각을 했다.

식당 내부를 둘러보고 브람의 모습이 보이지 않자 가슴을 쓸어내렸다.

페이의 낌새를 알아챈 게이슨이 염려하지 말라는 듯이 말했다.

"야야, 눈에 불을 켜고 찾아 봤자 어차피 보넷 도련님은 여기 없어. 오늘은 학교에 안 왔거든."

"그랬구나. 근데 그런 건 어떻게 알았대?"

"내 정보망을 얕보지 말라고!"

'어때, 나 굉장하지!' 라고 말하는 것처럼 엄지를 척 치켜세우며 스스로를 어필하는 게이슨.

그리고 한 여학생이 그런 게이슨에게 시비를 걸었다.

"또 꼴값을 떨어요~."

"뭐얏!"

그 여학생은 예상했던 대로 아이리스였다.

어쨌거나 오늘은 무난하게 식사를 들 수 있다는 사실에 페이는 가슴이 들떴다.

식사를 받고 자리에 앉았다.

참고로 오늘은 멜리아도 자리를 함께했다.

"그런데, 페이 군. 오늘은 어쩐 일로 멜리아랑 같이 등교한 거니?"

"응? 멜리아? 이제 서로 이름으로 편하게 부르나 보네?"

"아니 그게, 멜리아랑 같이 얘기하다 보니까 꽤 즐겁더라고. 그왜, 척 보면 딱이라는 느낌이랄까?"

아이리스의 비유에 페이는 얼굴이 살짝 굳어졌다.

페이는 다시 표정을 정리하고 이번엔 멜리아에게 말을 걸었다.

"뭐, 어쨌거나 아이리스랑 친해진 것 같아서 다행이야. 멜리아."

"네, 페이 님!"

"그러고 보니 멜리아는 왜 페이 군을 페이 님이라고 불러?"

아이리스가 아무렇지 않게 지당한 의문을 입에 담자 페이와 멜리아는 굳어졌다.

"아니, 그…… 옛날부터 알던 사이라서, 여러 가지 일이 있었거든."

그런 식으로 얼버무리는 것 말고는 다른 수가 없었다.

하지만 다행히도 아이리스와 게이슨 둘 다 끈질기게 물고 늘어지는 성격은 아니었다.

그렇다면……. 페이는 생각에 잠겼다가 멜리아에게 말했다.

"이제 와서 이런 얘길 꺼내는 것도 좀 그렇긴 한데, 나를 페이 님으로 부르는 건 이제 그만하지 않을래?"

"어, 갑자기 왜 그러세요?"

"그게, 아이리스도 말했다시피 우린 같은 학년인데 상대방을 그렇게 부르는 건 좀 이상하다 싶어서. 그냥 페이라고 불러도 돼. 물론 존댓말도 그만하고."

"그, 그냥 이름으로 부르고, 경어도 빼……라고요?"

갑작스러운 페이의 제안에 멜리아는 얼굴을 붉히더니 쑥스러워했다.

그리고 페이를 올려다보며 살며시 입을 열고는…….

"그, 그, 페…… 페……."

퍼엉! 하는 소리가 나는 게 아닐까 싶을 정도로 멜리아는 얼굴을 더욱 새빨갛게 물들이더니 탁자에 머리를 박았다.

"응? 멜리아?"

페이는 그런 멜리아를 걱정스러운 눈길로 쳐다보았지만, 그 원인이 자신에게 있을 거라고는 전혀 생각지도 못했다.

"페이 군, 둘이서 알콩달콩한 시간 보내는 것도 좋지만, 왜 둘이서 같이 등교했는지 아직 대답을 못 들었거든?"

아이리스가 입술을 뾰족하게 내밀며 언짢은 기색으로 그렇게 말했다. 페이는 호칭 문제 때문에 잠시 까맣게 잊고 있다가 그 말을 듣고는 그 일을 떠올렸다.

"나도 궁금해!"

"게이슨, 너도냐……. 별일은 아니고, 그냥 교실에 들어가기 전에 어쩌다 만나서 잠시 얘기를 나눴을 뿐이야. 같이 등교한 건 아니라고."

"거짓말!"

"거짓말하지 마!"

"왜 이럴 땐 서로 죽이 잘 맞는 건데?!"

아이리스와 게이슨, 이 둘은 대체 사이가 나쁜 건지 좋은 건지 도통 이해할 수 없었다.

"혹시 집에서 나올 때부터 같이 등교한 거 아니야? 옛날부터 알던 사이라면 그럴지도 모르겠는데?"

"아, 나 잠시 볼일이……."

"야, 어딜 도망가!"

페이는 슬쩍 자리를 피하려고 했지만, 아이리스가 그런 페이의 옷자락을 붙잡았다.

페이가 그 손길을 뿌리치려고 하던.바로 그때였다.

"잠시 괜찮을까요?"

페이 일행에게 말을 건 사람은 학생회 부회장 세실리아 보넷이었다.

페이의, 누나였다.

"게이슨, 너 찾는데?"

"어? 나?!"

"아뇨, 전 페이 디르크 군에게 볼일이 있습니다."

이거야 원, 직접 이름을 지명하니 페이는 포기했다.

페이는 귀찮다는 듯한 표정을 지으며 세실리아 쪽을 쳐다보고는 언짢은 투로 말했다.

"무슨 일입니까?"

"학생회실까지 와 줄 수 있나요? 당신에게 할 얘기가 있습니다, 페이 디르크 군."

페이는 눈을 가늘게 뜨며 그녀를 뚫어지라 쳐다보았다.

페이의 표정이 험악해졌지만, 그 사실을 알아차리지 못한 아이리스가 비꼬듯 이렇게 말했다.

"잘됐네~. 볼일이 생겨서."

페이가 고개를 돌려 나중에 보자는 눈으로 아이리스를 보았다.

그리고 울적한 심정으로 곧장 세실리아의 뒤를 따라갔다.

그 눈동자에는 증오의 불길이 희미하게 타올랐다.

하지만 정작 페이 본인은 그 사실을 알아차리지 못했다.

제11화 VS 세실리아 (후편)

"그래서, 볼일이란 게 뭡니까?"

교장실과 거의 동일한 구조로 이루어진 학생회실에서 페이는 세실리아의 안내를 받으며 소파에 앉았다.

그러고는 곧바로 자신을 여기에 데리고 온 학생회 부회장, 세실리아 보넷에게 질문을 던졌다.

"페이 디르크 군을 데리고 오라 말씀하신 건 학생회장님이었던지라, 자세한 내용은 나중에 학생회장님께 물어보세요. 조금만 기다리고 있으면 곧 오실 겁니다."

세실리아가 찻잔을 페이 앞에 놓으며 대답했다.

페이는 찻잔을 쥐고 차를 홀짝이다가, 문득 세실리아가 자신을 쳐다보고 있음을 알아차리고는 시선을 마주했다.

"뭡니까?"

페이는 그 시선에 거북함을 느끼고 그렇게 물었다.

"페이에게 물어보고 싶은 게 있어."

남 대하듯 대하던 조금 전 말투와는 전혀 다른 말투였다. 페이는 의아한 표정을 지으며 물었다.

"그건, 학생회 부회장으로서의 질문입니까?"

세실리아는 페이가 한 말의 의도를 알아차리고 의연한 태도로 답했다.

"세실리아 보넷 개인의 질문이라 한다면?"

"대답할 마음은 없습니다. 전 어디까지나 학생회 부회장님의 호출을 받아 왔을 뿐이니까요."

페이는 세실리아의 말을 중간에 끊듯, 명백한 거절의 의사를 담아 그렇게 대답했다. 세실리아는 서글픈 표정을 지으며 고개를 떨구었다.

그러고는 그대로 자그마한 목소리로 말했다.

"학생회 부회장으로서 질문합니다."

아까 세실리아 개인이 하려고 했던 질문을 그대로 할 거라고 느낀 페이는 질문받기 전에 말했다.

"그건 직권 남용 아닙니까?"

"학생 개개인을 아는 것도 학생회의 일이니까요."

무슨 말도 안 되는 소리야. 페이는 속으로 그렇게 투덜거렸다. 하지만 단념하고서 세실리아가 질문하기를 기다렸다.

그런 페이의 태도에 일단은 자기 얘기를 들을 거라 본 세실리아는 살짝 표정을 풀며 페이에게 질문을 던졌다.

"넌 왜 정령 학교에 입학한 거지?"

"왜……라뇨?"

페이는 무슨 뜻으로 그런 질문을 한 건지 이미 알고 있었다.

하지만 일부러 모르는 척 그렇게 되물었다.

"우리를 만나기 위해서였니?"

"왜 제가 당신네 얼굴을 보러 가야 하죠?"

"우리에게 복수하려고 그런 거 아니니?"

역시 그런가, 페이는 한숨을 쉬며 잠시 천장을 올려다보다가 대답했다.

"딱히, 복수할 마음은 없어요. 그냥 제 지인이 정령 학교에 들어가 달라고 해서 들어왔을 뿐이거든요."

"어……?"

생각지도 못한 대답이었던 모양인지, 세실리아가 얼빠진 소리를 냈다.

그 표정이 서서히 부드러워지기 시작했다.

"지금의 저에게 보넷 가문은 그냥 일개 귀족에 지나지 않아요."

"그럼, 용서해 줄 거니?"

하아, 대체 뭔 착각을 하고 있는 건지 원.

세실리아의 그 환한 표정을, 기쁨에 찬 표정을 보니 괜히 화가 치밀었다.

그리고 방금 세실리아가 했던 그 말.

페이의 내부에서 서서히 끓어오르는 감정은 분노였다.

무슨 말을 할지 미리 생각해 놓은 건 아니었지만 일단 입을 열었다.

그럼에도 말이 입 밖으로 막힘없이 줄줄 나왔다.

"제가 정말 용서할 거라 생각합니까?"

"──읏."

세실리아는 페이의 분위기가 살벌해졌음을 알아차리고 몸을 움찔 떨었다.

"제가 보넷 가문에 복수하지 않는 건, 지금의 저로서는 보넷 가문이 어찌 되든 상관없어서 그럴 뿐이거든요. 좀 더 정확히 얘기하자면 이제 그딴 집안하고는 더 이상 얽히기도 싫고요. 하지만 결국 이렇게 또 얽히게 되네요."

"……."

"물론, 그쪽에서 손을 대겠다면 저도 절대로 가만히 있지는 않을 거지만요."

싸늘한 눈초리로 그렇게 잘라 말하는 페이의 모습에 세실리아는 목소리를 떨면서 말했다.

"페이, 넌 변했구나."

"변한 게 아니라, 변하게 될 수밖에 없었던 거죠."

"그게 무슨 말이지?"

세실리아가 당혹스럽다는 듯이 되물었다.

"그 시절의 저는 아직 순수했죠."

"……."

"제가 강해지면 강해질수록 부모님은 저에게 더 많은 애정을 쏟아 주셨죠. 그 애정이 고팠던 저는 더더욱 노력했고요. 그래서 저는 부모님의 뜻에 무조건 따랐어요. 한없이 순수했죠. 부모님이, 남이 속으로는 무슨 생각을 하는지 알려고 하지도 않았고요."

세실리아는 페이가 무슨 말을 하는지 이제야 이해한 듯 비통한 눈으로 페이를 쳐다보았다.

하지만 페이는 그러거나 말거나 말을 이어 나갔다.

"부모님이 애정을 쏟았던 대상은 제가 아니라 제가 가진 힘이었죠. 전 그 사실을 몰랐고요……."

페이는 그렇게 말하며 세실리아를 똑바로 쳐다보았다.

"세실리아 씨, 순수함은 참 좋은 거라고 생각하지 않습니까?"

"그래, 좋다고 생각해."

"그래요? 하지만 제 생각은 정반대입니다. 순수하다는 건 무지하고 어리석은 거죠. 다른 사람이 속으로 무슨 생각을 하고 있는지 알려고도 하지 않고, 그저 그 사람이 표면상 꾸민 가면만을 보고 판단하죠."

세실리아는 그 대답을 듣고 무릎 위에 올린 손을 꽉 움켜쥐었다.

"일단 말해 두겠습니다만, 전 보넷 가문에게 오히려 감사하고 있습니다."

"감사하고 있다고?"

"네, 인간이란 존재는 흉하고 추악할 뿐만 아니라, 늘 자기 자신을 가장 먼저 생각하고 보신을 위해서라면 자신 외의 모든 것을 희생할 수 있다는 사실을 가르쳐 주었죠. ……그게 설령 가족이라 할지라도 말입니다."

"그렇지 않아!"

"네, 저도 압니다. 꼭 그런 사람밖에 없는 건 아니죠. 실제로 저 또한 실제 가족보다 더 가족 같은 따뜻한 분이랑 만났으니까요."

"……."

"사람을 단지 겉모습만 보고 판단하지 않고, 그 사람이 자신에게 이익이 되는지 손해가 되는지…… 그걸 신중하게 분별해야 한다는 사실을 가르쳐 준 건 다름 아닌 보넷 가문이었죠. 그러니 그 점에 대해서는 감사하고 있습니다."

"난 그렇지 않아!"

"아니긴 뭐가 아닙니까? 불과 조금 전만 해도, 저에게 사과하기는커녕 용서해 주겠냐는 말부터 꺼낸 사람이 대체 누구였죠?"

"──!"

"결국 대다수의 사람들은 자기 자신이 제일 소중한 거라고요. 물론 저도 그렇지만요."

세실리아는 페이의 냉혹한 미소를 보고 생각했다.

자신들이 페이를 변하게 만들었다고 말이다.

학생회실이 침묵에 잠겼다.

세실리아는 조금 전부터 계속 고개를 숙이고 있었고, 페이는 그런 그녀의 모습을 보며 입을 꾹 다물었다.

누가 봐도 거북한 분위기였다.

그런 와중에 갑자기 학생회실 문이 열렸다.

한 여성이 안으로 들어왔다.

붉은색이 감도는 특징적인 장발, 늘씬하게 뻗은 긴 다리와 다부진 눈빛.

심지어 동성이라도 이끌릴 법한 용모와 분위기를 자아내는 그녀는 이 학교의 학생회장인 레일라 맬릿이었다.

페이는 레일라와 면식이 있었다.

맬릿 가문은 보넷 가문과 마찬가지로 칠대 공작가에 속하는 명가였다.

아르만드 왕국의 귀족은 지위가 높은 순서대로 공작, 후작, 백작, 자작, 남작으로 구성되어 있다.

칠대 공작가는 아르만드 왕국의 국왕으로부터 공작 지위를 하사받은 가문을 총칭하는 말이었다.

그 이름대로 공작 지위를 받은 가문은 일곱 개였다.

수십 년 전에 있었던 마족과의 전쟁에서 가장 큰 공적을 세운 일곱 가문에게 주어진 지위로, 그 특출 난 능력 덕분에 일족에 속한 자는 왕국에서 요직을 차지했다.

하지만 이것도 수십 년 전에 받은 지위다. 그 지위가 수십 년 넘게 바뀌지 않은 건 아니었다.

칠대 공작가 중에서도 지위를 잃은 가문이 있는가 하면, 새로 지위를 얻어 이 대열에 합류한 가문도 있었다.

맬릿 가문도 그중 하나였다.

약 10년 전, 맬릿 가문은 어떤 공적을 세운 덕분에 후작에서 공작으로 작위가 올라가 칠대 공작가의 대열에 합류했다.

하지만 공작 지위에 오른 지 얼마 되지 않은 탓에 칠대 공작가 중에서는 맬릿 가문을 곱게 보지 않는 가문도 있었다.

학생회실에 들어온 레일라 맬릿은 고개를 푹 숙이고 있는 세실리아를 흘끗 쳐다보고는 교실로 돌아가라고 말했다.

페이는 방 밖으로 나가는 세실리아의 모습을 보다가 레일라를

쳐다보았다.

"오랜만이에요, 페이 디르크 군."

레일라가 아까 세실리아가 앉아 있던 소파에 앉으며 그렇게 말했다.

"오랜만……이라는 말씀은, 당신은 모든 걸 알고서 세실리아 씨더러 저를 부르라고 했던 겁니까?"

"네, 그래요."

"왜 그러신 거죠……?"

하지만 페이의 물음에도 레일라는 미소만 지을 뿐 아무 말도 하지 않았다.

후우, 페이는 한숨을 쉬며 고개를 숙였다.

그러고는 레일라를 쳐다보며 언짢은 투로 입을 열었다.

"그래서, 무슨 볼일입니까? 이제 그만 수업 들으러 가 봐야 하는데요."

"그거라면 걱정할 거 없어요. 5교시 수업은 공결로 처리될 테니까요."

빠져나갈 구멍을 잃은 페이는 소파에 몸을 맡겼다.

"자, 방금 그 질문에 답해 드리자면, 당신을 이곳에 부른 이유는 두 가지예요. 하나는 당신을 세실리아 씨랑 마주하게 하는 것이었죠."

"이유를 여쭤 봐도 되겠습니까?"

"아뇨, 이건 세실리아 씨에게 직접 듣는 게 좋을 테죠."

"그럼 딱히 물어볼 필요도 없겠군요."

쌀쌀맞은 페이의 태도에 레일라는 눈살을 찌푸렸다.

"그런 태도로 세실리아 씨랑 만난 건가요?"

"아, 네."

페이의 대답에 레일라는 한숨을 쉬었지만, 다시 표정을 정리하고 말을 이어 나갔다.

"두 번째 이유는 당신이 필요해서예요."

"필요하다고요? 설마 지금 저에게 프러포즈하는 건 아니시죠?"

"아닙니다."

"저도 알아요."

페이가 경박한 미소를 지어 보였다. 레일라는 자기보다 나이가 어린 상대에게 농락당했다는 듯한 느낌에 부아가 치밀었는지 다소 언짢은 기색이었지만, 그럼에도 대화를 멈추지는 않았다.

"당신이 학생회에 들어오기를 권합니다."

"이유를 여쭤봐도 될까요?"

"어제 당신이 일으켰던 일이 이유예요."

"제가 뭐 저지른 일이라도 있습니까?"

"숨기실 거 없어요. 미숙하다고는 해도, 칠대 공작가의 일원인 보넷 가문의 장남 브람 보넷을 꺾었잖아요?"

"꺾었다니요. 그 표현은 다소 과장된 것 같긴 합니다만. 그래서 그게 뭐 어쨌다는 겁니까?"

"그게 이유입니다."

"지금 장난하는 겁니까?"

"전 진지합니다."

페이는 레일라를 뚫어지라 보았지만, 그 말이 농담이 아님을 이해한 순간 영문을 모르겠다는 듯 고개를 저었다.

"거절하겠습니다."

"어째서죠?"

"제가 이런 말을 하면 건방진 소리겠지만, 방금 회장님께서 말씀하셨다시피 아무리 보넷 가문의 장남이라고는 해도 그는 미숙합니다. 동급생과 비교하면 대단히 우수할 테지만, 상급생이라면 그를 꺾는 것도 어려운 일이 아닐 테죠. 덧붙여서 어제 그는 냉정함을 유지하지 못했습니다. 그런 자를 이겼다고 해서 제가 학생회에 들어가도 될 이유로는 충분하지 않다고 봅니다. 무엇보다도 저는 1학년이라고요!"

"알고 있고, 이해하고 있습니다."

"그럼, 어째서……."

저에게 가입을 권유하시는 겁니까, 페이는 그렇게 물어보려고 했다. 하지만 레일라가 갑자기 요염한 미소를 지으며 입가에 검지를 세웠다. 페이는 그 모습에 당혹감을 느낀 나머지 이어질 말이 나오지 않았다.

"뭐, 지금 당장 들어오라는 얘기는 아니에요."

"네?"

"당신의 말대로 1학년이 갑자기 학생회에 들어오면 상급생 체면이 말이 아니게 될 테니까요."

"……."

"그래서 올해부터 학생회 보좌회라는 것을 만들었습니다."

"아니, 그게 대체 뭡니까. 처음 듣는데…….'

"말했잖아요. 올해부터……라고. 정확히 말하자면 오늘 아침에 막 교장선생님의 승낙을 받았을 뿐이지만요."

"오늘 아침이라고요?"

"승낙해 주실지 어떨지는 몰랐기에, 최악의 경우에는 당신을 학생회에 강제 감금…… 아니, 당신한테 한번 권유하기만 해 볼까 싶었습니다만."

감금, 그 흉흉한 말에 페이는 가슴이 철렁했다.

"그래서, 학생회 보좌회에서는 무슨 일을 하는데요?"

"그 이름대로 학생회 업무 보좌…… 뭐, 잡무 등을 맡는 거죠. 그리고 거기에서 1년 동안 경험을 쌓으면 이듬해 정식으로 학생회에 들어올 수 있고요."

"듣자 하니, 어느 쪽이든 간에 학생회에 들어가는 건 매한가지 아닌가요?"

"교장선생님께는 갑자기 학생회에 들이는 것보다는 좀 더 경험을 쌓은 뒤에 들이는 게 어떻겠느냐는 구실을 내세워 진언했지요."

"구실?!"

"뭐, 허가해 주셔서 다행이었지만요."

"정말 용케도 허가해 주셨네요. 돈만 낭비할 뿐인데…….'

"네, 저도 낭비라고 생각하지만, 일단 이 기관에도 필요성은 있으니까요."

낭비, 일단, 그런 단어 하나하나가 귓가에 맴돌았다.

이 사람은 사실 학생회 보좌회가 필요 없다고 여기는 게 아닐까 싶었다.

"어쨌거나 거절합니다! 제가 아무리 1년 동안 경험을 쌓아서 내년 2학년이 되어 들어간다고 한들 다를 게 뭐가 있겠습니까?"

"세실리아 씨는 2학년 때부터 학생회 임원이었고, 3학년에 부회장이 되었습니다만?"

"저와 신분이 다르잖아요! 저 사람은 칠대 공작가의 우수한 정령술사고 저는 그저 마술사에 지나지 않잖아요?"

"마술사라……."

회장은 문득 생각에 잠겼다.

그러더니 짓궂은 미소를 지으며 말했다.

"만약 당신이 학생회에 들어오면, 이 학교 내에서 마술사의 지위도 적잖이 향상될 거라고 보는데요?"

"그게 무슨 말입니까?"

"멜리아 씨……라고 했던가요?"

"——!"

페이는 갑자기 표정을 굳혔다.

"그 이름은 갑자기 왜 꺼내시는 겁니까?"

"아뇨, 딱히 별다른 뜻은 없어요. 다만 마술사의 지위가 향상된다는 말은, 이를 테면 당신의 친구인 멜리아 씨가 어제와 같은 사태를 겪게 되는 경우도 조금은 줄지 않을까 싶은데요?"

"무슨 말씀을 하고 싶으신 건지 모르겠군요. 제가 학생회 보좌회에 들어간다고 한들, 별반 다를 바 없다고 보는데요? 오히려 반감만 살 것 같군요. 게다가……."

자신이 들어가면 세실리아를 비롯하여 에리스, 브람 등 보넷 가문과의 접점도 많아지게 된다.

능력상으로 봤을 때, 보넷 가문 사람이 학생회에 들어오지 않을 리가 없었다.

페이는 그런 사태는 피하고 싶었기에 단호히 말했다.

"거절하겠습니다."

페이가 그렇게 말하자, 레일라가 눈을 가늘게 떴다.

"그야 당연한 거 아닙니까? 아까도 말씀드렸다시피 저나 마술사들에겐 별로 이익이 되지 않습니다. 오히려 피해만 잔뜩 생기지 않을까 싶군요."

페이가 그렇게 말하자 레일라는 생각에 잠긴 기색을 보였다.

하지만 그 모습은 왠지 모르게 작위적이었다.

"그럼, 만약 당신이 들어올 경우, 당신이 직접 추천한 사람을 두 명까지 학생회 보좌회에 넣는다는 건 어떨까요?"

"거기에 무슨 이익이 있다는 겁니까?"

"학생회 보좌회 임원은 기본적으로 학생회장이 지명해서 정합니다. 임원 수는 최대 6명이지만요."

"너무 독단적인 거 아닙니까?"

"아뇨, 당연히 부회장과 다른 학생회 임원, 교장선생님과도 상담해서 지명하는 것이니 그 점은 걱정하지 않으셔도 됩니다."

"그런가요."

"그리고 인원이 총 6명이니까, 만약 당신을 포함해 3명의 마술사가 들어오게 되면 정령술사 3명, 마술사 3명이 됩니다. 다시 말해, 학생회에서 무언가를 결정할 사안이 있을 때 서로 발언권이 동등해진다는 거죠."

"그러니까, 마술사에게 불리한 쪽으로 사안이 결정되는 게 방지된다는 말씀이군요?"

"네."

분명 그렇게 하면 사안을 다수결로 정할 때 마술사의 발언권은 정령술사와 동등해질 것이다.

그렇지만 페이는 아직 우려하는 점이 있었다.

"한 가지 질문해도 될까요?"

"뭡니까?"

"이렇게 말하기도 좀 그렇지만, 학생회는 능력을 우선합니다. 마술사가 그렇게 많이 들어오면 문제가 되지 않을까요?"

"그건 문제없습니다. 학생회 보좌회 임원 중 3명은 무조건 마술사 중에서 뽑기로 했으니까요."

"사람은 누구든 상관없습니까?"

"어디 보자, 서류 작업을 잘하고, 마술사 중에서도 실력이 뛰어난 사람이라면 좋겠네요……."

"하지만 보좌회 6명 전원이 내년에 학생회 소속이 되는 건 아니죠? 기존 학생회가 있으니까요."

"그건 그때 가서 정하면 됩니다."

올해 보좌회 멤버 중 과연 몇 명이 내년 학생회에 들어갈까. 어떤 방식으로 들어갈 사람을 정하는지 애매하긴 했지만, 적어도 현재 상황에서는 이익이 더 크지 않을까 싶었다. 페이는 소파에서 일어나면서 말했다.

"알겠습니다. 학생회 보좌회에 들어가겠습니다."

"그래요? 잘됐네요. 그럼 내일 방과 후까지 당신이 추천할 학생을 정해서 다 같이 학생회실로 와 주세요."

"그럼 저는 이만 수업에 들어가겠습니다. 이제 슬슬 5교시 수업도 다 끝나 가지만, 6교시 수업에는 출석하고 싶거든요."

"네, 아, 마지막으로 하나만 더 말씀 드릴게요."

"뭡니까?"

"세실리아 씨랑 한 번 더 대화를 나눠 보세요."

"……."

페이는 아무 말 없이 학생회실을 나가고자 했다.

그러고는 등을 돌린 채 레일라에게 말했다.

"레일라 씨, 한 가지 충고하겠습니다."

"충고, 라고요?"

"네. 다른 사람에게, 주변 사람에게 너무 신경을 쓰다 보면 정작 자기 자신에게는 소홀해지는 법입니다."

페이는 그렇게 말한 뒤 학생회실을 나섰다.

제12화 첫 실기

페이가 교실로 돌아오자 이미 몇몇 학생들은 교실을 나와 어디론가 이동하는 중이었다.

"오, 페이. 다음 수업은 실기라서 이동해야 한대."

"실기?"

지금까지 들었던 수업은 전부 마법 이론뿐이었다.

그러던 차에 처음으로 하는 실기 수업에 페이는 관심이 생겼다.

"그렇지만 마법은 다음에 하고 오늘은 마력 조작만 한다나 봐."

"그렇구나……."

"저기, 페이 님."

"응?"

멜리아가 갑자기 페이에게 말을 걸었다.

말하기 거북한 듯 머뭇머뭇거리다 입을 열었다.

"그게, 저는, 아직 마력 조작을……."

"아, 맞다. 알았어. 나중에 같이 해 보자."

"네!"

멜리아는 페이의 그 대답을 듣고는 만면에 미소를 지었다.

그런 멜리아의 모습을 보고 있으니 왠지 모르게 흐뭇해지는 기분이 들어서, 페이는 그런 자신을 속으로 질타했다. 그렇게 일행은 다 같이 실기실로 이동했다.

실기실로 가는 복도를 걷다가 게이슨이 불평을 늘어놓았다.

"마력 조작이라~. 나 그거 잘 못하겠던데."

"어머, 네가 잘하는 게 하나라도 있었니?"

그러자 당연하다는 듯이 아이리스가 그 말에 시비를 걸었다.

"뭐얏! 나도 잘하는 게 있다고!"

"그게 뭔데?"

게이슨은 생각에 잠겼다.

그러고는 그대로……

"…………잠자는 거, 라든가?"

"아, 그래? 물어봐서 미안해~."

아이리스가 게이슨에게 사과했다.

"날 그런 눈으로 보지 마!"

"게이슨, 얼른 가자."

"어……."

어깨를 축 늘어뜨리며 걷는 게이슨에게 아이리스가 어깨를 두드리며 위로의 말을 건넸다.

"괜찮아. 잠자는 것도 중요한 일이니까."

무척이나 자애로운 목소리로 말이다.

일행은 실기실에 도착했다.

내부는 주황색 벽으로 둘러싸여 있었다.

먼저 온 아론이 학생들에게 정렬하라고 지시했다.

"좋아. 지금부터 너희는 마법 실기를 할 것이다. 일단은 기본 중의 기본인 마력 조작부터!"

마력 조작, 이 연습을 원해서 하는 사람은 적었다.

그냥 마력만 까는 거라 과정 자체가 매우 지루하기 때문이다.

아무래도 그 또래에는 화려한 마법을 행사하는 데 동경심을 품기 마련이다.

당연히 학생들 사이에서 불평이 나왔다.

하지만 아론은 그런 그들을 꾸짖었다.

"잘 들어라! 너희는 초급 마법을 다루게 된 뒤로 마력 조작 연습을 게을리했을 것이다. 그리고 마법 등급이 올라갈 때마다 강해진다는 생각에 정신이 팔려 등급을 올리는 일에만 전념했을 테지!"

정곡을 찔렸는지 학생 대부분이 고개를 푹 숙였다.

"등급이 올라갈 때마다 마법은 강해진다, 이 말은 반은 맞고 반은 틀린 말이다. 분명 마법의 위력 자체는 등급에 비례하지. 하지만 마력 짜임새가 허술한 마법은 설령 상급 마법이라 할지라도 마력 짜임새가 탄탄한 중급 마법을 이길 수 없다. 그리고 마력 짜임새가 탄탄한 마법이면 정령 마법조차 능가할 수 있지."

아론은 그렇게 말하며 페이를 쳐다보았다.

"잘 들어라. 기본을 탄탄히 다지지 않은 녀석에겐 응용을 시키지 않겠다. 애초에 기본이 안 된 녀석은 응용할 수 없으니까. 이게 내 방식이다. 불만이 없는 녀석은 내가 시키는 대로 따르고, 불만이 있는 녀석도 잠자코 내가 시키는 대로 따라라!!"

““““네, 알겠습니다!!””””

학생들은 마치 군대처럼 복창했다.

페이는 내심 감탄했다.

평소에는 썩 그렇게 미덥지 못했던 아론이 이토록 올바른 소리를 하며 학생들을 잘 이끌어 나가고 있다는 사실에 말이다.

뭐, 마지막에 우쭐대는 표정을 지은 게 옥에 티였지만.

마력은 적혈구와 마찬가지로 혈액을 순환하고, 산소 운반 등 적혈구와 같은 역할을 맡고 있다.

그래서 마력을 지나치게 사용하면 마력 고갈과 함께 빈혈이나 산소 결핍이 발생한다.

마력량이 많은 술사는 그만큼 적혈구의 적기 때문에 마력 고갈을 일으키면 마력량이 적은 술사보다 증상이 더 심하게 나타난다.

페이의 앞에서는 게이슨이 왼손을 오른 손목에 댄 채 “마력이여, 내 오른팔에 모여라!”라는 말과 함께 마력 조작을 행하고 있었다.

한 손에서 마력을 방출하는 것만으로도 악전고투를 벌이는 게이슨과는 달리, 아이리스는 양손에서 마력을 방출하고 있었다.

“저어, 페이 님.”

“아, 미안 미안. 그래서 지금은 어디까지 할 수 있어?”

“그…….”

멜리아가 오른손에 마력을 모으기 시작했다.

흰색에 가까운 회색 안개 비스무리한 것이 한동안 멜리아의 오른손 엄지와 검지, 중지에 모이기 시작했다.

마력은 순도가 높을수록 흰색에 가깝고, 반대로 순도가 낮을수록 검은색에 가깝다.

"이젠 세 손가락까지 방출할 수 있게 되었구나!"

"네!"

그 모습에 페이는 진심으로 멜리아를 칭찬했다.

이건 절대로 비꼬는 게 아니었다.

6년 전, 적어도 페이의 기억 속에 있는 멜리아는 엄지로밖에 마력을 방출할 수 없었다.

하지만 6년이 지난 지금, 이제 멜리아는 손가락 세 개로 마력을 방출할 수 있게 되었다. 그동안 마력 조작 연습을 게을리하지 않았던 모양이다.

한편 아이리스는 멜리아보다 순도는 살짝 낮았지만, 양손에서 방출할 수 있을 만큼 마력 조작이 능숙했다.

게이슨은, 한없이 검은색에 가까웠다.

"후우, 겨우 해냈다."

마력을 오른손에서 방출하는 데 성공하여 만족스러워 하는 게이슨에게 아이리스가 말을 걸었다.

"야, 네 마력 순도 너무 낮은 거 아니야?"

"그치? 순도가 너무 낮아서 정령이랑 계약하지 못했다니깐."

"흐~응."

"뭐, 난 이 마력이 제법 마음에 들지만!"

"왜?"

아이리스만이 아니라 지금 이 자리에 있는 모든 이들이 같은 의문을 품었다.

정령과 계약할 수 없는 주요 요인 중 하나가 바로 낮은 마력 순도다. 그걸 싫어하는 사람은 있을지언정 좋아하는 사람은 없다.

평범한 사람이라면 말이다.

하지만 게이슨은 평범하지 않았다.

"검은색은 왠지 모르게 남자의 로망을 자극하는 그런 게 있지 않냐?"

"난 여자라서 모르겠는데."

아이리스는 어이없다는 듯 그렇게 말했다.

페이는 두 사람의 대화를 들으며 멜리아에게 말했다.

"네 마력 순도는 높은 편이야."

"방출할 수 있는 마력량은 적지만 말이에요……."

"으~음, 옛날처럼 내 마력을 흘려보내서 마력의 흐름을 조금씩 잡아 볼까?"

"아, 여기서요?"

"무슨 문제라도 있니?"

"아뇨, 그……."

멜리아는 얼굴을 빨갛게 물들이고는 고개를 푹 숙였다.

본인이 싫다면 페이도 강요할 마음은 없었다.

"괜찮아. 그럼 다음에 해 보자."

"죄송해요……."

"아~ 다들 잘 들어라!"

갑자기 실기실 전체에 아론의 커다란 목소리가 쩌렁쩌렁 울려 퍼졌다. 학생들이 아론을 주목했다.

아론은 학생들이 모두 주목한 것을 확인한 다음 말을 이었다.

"일주일 뒤에 시험을 보겠다."

시험, 그 말에 학생들이 술렁였다.

"아주 쉬운 시험이니까 너무 걱정할 건 없다. 계통 외 마법【인챈트 보디】를 쓰기만 하면 돼."

계통 외 마법【인챈트 보디】.

몸 안에 마력을 흘려보내 세포를 활성화시켜, 일반적이라면 불가능한 신체 능력을 몸에 부여해 주는 마법이다.

이 마법은 몸 안 구석구석에까지 마력을 흐르게 할 필요가 있기에 고도의 마력 조작 기술을 요한다.

"불합격한 녀석은, 할 수 있을 때까지 나랑 같이 방과 후에 보충 수업을 받는다. 안심해라, 회복 마법이라면 쓸 수 있으니까."

학생들이 다들 하나 같이 식은땀을 흘렸다.

"좋아, 그럼 오늘은 여기까지! 각자 연습해서 합격할 수 있도록 열심히 노력하도록!"

아론은 그렇게 말하며 마치 시범을 보이듯【인챈트 보디】를 사용하여 실기실 밖으로 나갔다.

페이는 그 뒷모습을 보다가 다른 애들 쪽으로 고개를 돌렸다.

"페, 페이, 이제 난 어쩌면 좋냐…."

"페이 님, 저는 아직 세 손가락으로밖에……."

이 두 사람은 발을 동동 굴렀다.

한편, 그중에는 무덤덤한 표정을 짓고 있는 자도 있었다.

"아이리스, 넌 쓸 수 있어?"

"쓸 수 있어."

아이리스는 아무렇지 않게 딱 잘라 말했다.

"큭, 네가 하는데 내가 못할 리가 있겠냐!"

게이슨은 그렇게 말하며 양다리를 어깨 넓이만큼 벌리고서 "검은 마력이여, 내 몸에 깃들어라!!"라고 외쳤다.

하지만 마력은 오른손에만 깃들 뿐이었다.

"넌 부끄럽지도 않니?"

아이리스가 불쌍하다는 듯한 눈빛으로 게이슨을 쳐다보면서 멍하니 중얼거렸다.

"말하지 마. 더는 아무 말도 하지 말라고⋯⋯."

게이슨의 목소리가 힘없이 주변에 울려 퍼졌다.

학교를 나온 일행은 카페로 향했다.

아이리스가 "시험을 대비해서 작전 회의를 열자!"고 말을 꺼냈기 때문이다.

다들 주문할 걸 결정한 와중에, 아직도 페이 혼자서만 메뉴판을 뚫어지라 보고 있었다.

"딸기 초콜릿 케이크, 베리 케이크, 애플 크럼블 케이크⋯⋯ 아, 피낭시에도 맛있어 보이는데⋯⋯."

"후훗, 페이 님은 여전히 단걸 좋아하시네요."

"아, 나 때문에 오래 기다렸지? 미안."

"괜찮아요."

"그건 그렇고 페이 군이 단걸 이렇게나 좋아할 줄은 몰랐어."

"그러게, 나도 뜻밖인데?"

"물론 쓴 것도 잘 먹어. 커피도 마시고."

결국 페이는 베리 피낭시에를 주문했다.

주문한 케이크가 오는 동안 서로 시험에 대해 얘기를 나누었다.

결국 매일 아침 모여 연습을 하기로 했다.

그러던 와중에 페이가 주문했던 베리 피낭시에가 왔다.

블랙베리의 좋은 향이 나는 피낭시에를 입으로 옮긴다.

베리의 상쾌한 신맛과 버터의 풍미가 입안에 가득 감돌았다. 그리고 걸쭉한 단맛과 함께 딱 적당히 말랑말랑하고 촉촉한 감촉이 느껴졌다.

페이는 아무 말 없이 그것을 음미했다.

다 먹고 나서 한숨 돌린 페이는 다른 애들이 자신을 쳐다보고 있음을 알아차렸다.

"왜 그래?"

"아니, 참 맛있어 하는 얼굴로 먹길래."

"실제로도 맛있던데……?"

"그야 그렇긴 한데……."

그 후, 페이는 쓴웃음을 짓는 다른 애들과 함께 한동안 가게에서 담소를 나누다가 그날은 그 일정을 끝으로 귀가했다.

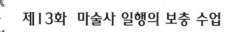 

제13화 마술사 일행의 보충 수업

다음 날 이른 아침, 페이와 멜리아는 실기실로 갔다.

두 사람이 안으로 들어서자, 이미 게이슨과 아이리스가 먼저 와서 연습을 시작하고 있었다.

"그대로, 마력을 몸 중심에서부터 퍼뜨려 나가듯이 해 봐!"

"퍼뜨려 나가듯이…… 안 돼, 못하겠어."

"왜 그걸 못하는 건데!"

"가르치는 방식이 엉터리라고!"

"뭐야?!"

"뭐!"

페이는 평소와 다름없는 둘의 모습에 안도하며 말을 걸었다.

"안녕, 게이슨, 아이리스."

"안녕하세요."

"아, 페이 군, 멜리아, 안녕!"

"여어!"

일단 인사를 나누었다.

"벌써 【인챈트 보디】 연습을 하고 있었구나."

"어, 이제 시간이 얼마 안 남았으니까."

"멜리아, 그럼 너도 한번 해 볼래?"

"네, 네……!"

멜리아가 고개를 끄덕였다. 그 뺨은 어째선지 발갛게 달아올라 있었다.

페이는 그 대답을 듣고는 멜리아의 양손을 잡았다.

"페, 페이 군, 지금 뭐 하는 거야?!"

"아침 댓바람부터 뭘 대놓고 하는 거야?!"

아무래도 이들은 뭔가 오해한 모양이다. 페이가 설명해 주었다.

"아, 오해하지 마. 난 그냥 마력을 흘려보내고 있을 뿐이야."

"마력을?"

"그래."

페이는 그렇게 말하면서 마력을 양손에 모았다.

──아름답다.

그렇다. 이 자리에 있는 모든 이들이 페이의 마력을 본 순간 그렇게 생각했다.

보는 이들을 압도하는 티 하나 없이 깨끗하고 순수한 흰색 마력이 페이의 양손에서 흘러넘쳤다.

"이거 굉장한데……."

"난 이렇게 깨끗한 마력은 태어나서 처음 봤어."

페이는 멜리아의 몸 안을 순환하고 있는 마력의 흐름을 느끼고는 곧바로 거기에다 자신의 마력을 흘려보냈다.

"으읏……."

그에 반응하듯 멜리아는 뺨을 붉히며 야릇한 소리를 냈다.

"왠지 분위기 야릇한데……?"

"야, 이 변태야!"

"시끄럿!"

아이리스와 게이슨이 말다툼을 벌이는 동안, 페이의 양손에서 흘러나오던 마력이 서서히 사라지기 시작했다.

"후우, 이만하면 된 것 같군. 멜리아, 괜찮아?"

"네, 괜찮아요."

멜리아의 양손에서는 아직 페이의 마력이 배어 나오고 있었다.

멜리아는 눈을 감고 그 마력의 길을 더듬어 가듯 자신의 마력을 모으기 시작했다.

몇 분이 지났다. 그러자 페이의 마력과는 전혀 다른, 흰색에 가까운 회색 마력이 멜리아의 오른손 전체를 밝혔다.

"해냈어! 제가 해냈어요, 페이 님!"

"그래, 옛날보다 마력의 길을 더듬어 가는 실력이 능숙해졌구나. 이대로 가면 이제 일주일쯤 뒤에는 【인챈트 보디】를 사용할 수 있게 될지도 모르겠어."

"감사합니다!"

말투는 정중했지만, 멜리아는 마치 어린아이처럼 기뻐했다. 페이는 그 모습을 어딘가 그리운 눈길로 바라보았다.

연습이 끝나 페이가 땀을 닦고 있을 때였다. 페이의 귀에 아이리스와 게이슨이 나누는 대화가 들려왔다.

"그나저나 너 나보다 일찍 왔는데 안 졸려?"

"왜 안 졸리겠냐. 하지만 난 철저한 대책을 세워 두었지."

"무슨 대책?"

"그건 바로…… 수업 중에 자는 거지!"

"어차피 맨날 자면서 무슨 소리야."

"그건 그냥 선잠을 자는 거고. 하지만 오늘은 덮어놓고 푹 잘 거라고."

게이슨은 당당하게 그렇게 말했지만, 이 이후에 천벌을 받게 되었다.

"어차피 아론 선생님 수업이야 수업 중에 졸아도 다 알겠거든."

"그래? 그럼 넌 이번 시험에서 만점을 받겠군?"

실기실 입구에서 강대한 살기가 뿜어져 나왔다.

게이슨은 그 살기가 누구에게서 뿜어져 나오는지 알아차리고는 표정이 굳어지더니 떨리는 목소리로 말했다.

"아론 선생님, 여긴 어쩐 일로……?"

"이른 아침에 연습을 하는 학생들이 있을 것 같아서 부르러 온 거지."

"그랬군요. 수고 많으십니다!"

"그래, 정말 피곤하구나. 특히 너 같은 학생들 때문에 더더욱!"

"하하……."

게이슨은 그저 메마른 웃음소리만 낼 뿐이었다.

하지만 웃는다고 해서 얼버무릴 수는 없었다.

아론은 그런 게이슨을 예리한 눈빛으로 노려보았다.

"그럼, 전 이만 슬슬 교실로 돌아가겠습니다."

게이슨은 거북함을 느끼고 재빨리 이 자리를 뜨려고 했다.

하지만 그걸 놓칠 아론이 아니었다.

"게이슨, 거기 서."

"……왜 그러시죠?"

"다음 시험 때 만점을 받지 못할 경우, 방과 후에 내 특별 보충 수업을 받을 줄 알아라."

"여, 영광입니다."

게이슨은 울상을 지으며 그렇게 말했지만, 이 자리에 있는 모든 이들은 그저 자업자득이라는 생각밖에 들지 않았다.

──시간을 조금 거슬러 올라가서, 전날 밤.

보넷 가문 저택의 어느 한 방에 브람과 에리스, 세실리아 세 사람이 모여 있었다.

"그래서, 볼일이란 게 대체 뭡니까, 세실리아 누님."

에리스 곁에는 목욕 가운을 입은 브람이 소파에 앉아 있었다.

최근에 있었던 그 사건 이후로 에리스와 세실리아가 브람을 멀리하고 있다는 사실을 본인은 알아차리지 못한 채 말이다.

그런 브람이 세실리아에게 물었다.

"브람, 에리스, 너희가 학생회 보좌회에 들어왔으면 좋겠어."

"학생회 보좌회라고요?"

처음 듣는 단어에 에리스는 곤혹스러운 표정을 지었다.

그건 브람도 마찬가지였다.

"간단히 말하자면 학생회 수습이라 할 수 있어. 거기에 1년 동안 소속된 학생은 이듬해부터 정식으로 학생회 임원이 될 수 있다고 해. 물론 보좌회 중에서 누가 학생회에 들어갈지는 따로 절차에 따라 결정한다나 봐. 기존 학생회 인원도 있으니까."

"아하, 학생회에서는 나처럼 우수한 존재가 한시라도 빨리 들어오길 원한다. 하지만 아무래도 1, 2학년이 임원을 맡는 건 문제의 소지가 있다. 그렇기에 내가 들어오길 원했던 학생회에서는 1년 뒤에 내가 임원이 될 수 있도록 새로운 조직을 만들었다. 이런 거로군!"

브람은 납득했는지 만족스러운 표정을 지어 보였다.

세실리아는 그런 남동생의 모습에 한숨을 쉬었다.

"어쨌거나 자세한 건 내일 얘기할 테니까 내일 방과 후에 학생회실로 와 줘. 알겠어?"

"그럼요!"

"저어, 제가 가도 되나요?"

에리스가 세실리아에게 조심스레 물었다.

"에리스, 자신감을 가지렴. 넌 1학년 중에서도 최상위급 실력을 가진 정령술사인걸?"

"……네."

"그럼, 세실리아 누님, 에리스, 좋은 밤 되길!"

브람은 의기양양한 모습으로 방을 나섰다.

세실리아는 그런 브람의 모습을 보며 다시금 한숨을 쉬었다.

제14화 드러나는 의도

점심시간, 페이는 또다시 학생회실로 발걸음을 옮기는 중이었다.

레일라는 방과 후에 오라고 했었지만, 그 전에 다른 볼일이 생겼기 때문이다.

원래 식사 시간인 만큼 레일라는 학생회실에 없지 않을까 싶었지만, 혹시나 하는 마음으로 학생회실 문을 두드렸다.

"들어오세요."

그러자 안에서 마치 페이가 오는 걸 미리 알고 있었던 듯한 레일라의 목소리가 들려왔다.

"실례하겠습니다."

"늦었네요?"

"제가 올 것을 이미 알고 있었던 겁니까?"

"네, 이걸 보고 싶은 거죠?"

레일라는 그렇게 말하며 책상 위에 놓아 둔 두꺼운 종이 뭉치를 탁탁 두드렸다.

"그건?"

"우리 학교 학생들의 프로필 같은 거죠."

"제가 뭘 원하는지 용케도 미리 아셨군요."

페이는 그 종이 뭉치가 자신이 원하는 것임을 확인하고는 놀라움을 금치 못하면서도 그렇게 말했다

"어느 학생이 실력을 갖췄는지, 이제 막 입학한 신입생이 알 도리가 없을 테니까요."

"그럼 그걸 저에게 보여 주시지 않겠습니까?"

"한 가지 궁금한 점이 있군요. 학생회 보좌회 임원이라면 반 친구 중에서 고르지 않을까 싶었는데요?"

"반 친구라고 해도 이제 막 입학했을 뿐이니, 누가 어느 정도의 힘을 가지고 있는지는 아직 알 수가 없죠. 그러니 그런 사람을 함부로 추천할 수는 없는 노릇 아니겠습니까?"

"이상한 데서 성실하군요."

레일라가 미소를 지으며 말했다.

페이는 그 미소에 순간적으로 가슴이 설레는 걸 느끼면서도, 레일라에게 종이 뭉치의 내용을 보여 줄 것을 재촉했다.

"물론 상관은 없지만, 지금부터 시작하면 늦지 않을까요?"

"최선을 다하겠습니다……."

"굳이 무리할 것까진 없어요. 임원은 제가 고르면 되니까요."

"회장님이, 말입니까?"

"네, 전 학생회장이라서 학생들 정보는 머릿속에 얼추 들어 있거든요."

"굉장하군요."

"물론 마술사가 불리해질 사람을 뽑지는 않아요. 확실하게 실

력을 갖춘 학생을 고를게요."

정 못 믿겠으면 본인이 직접 골라도 상관은 없다……고, 레일라는 그렇게 덧붙였다.

페이는 잠시 생각에 잠겼다가 결론을 내렸다.

"알겠습니다. 그럼 부탁드리죠."

"그럼 방과 후에 다시 오세요."

"어? 그렇게 빨리 임원을 정하실 수 있나요?"

"네, 이미 정해 놓았고, 얘기라면 어제 중으로 마무리가 되었으니까요."

"만약 제가 여기 안 왔으면 어떻게 했을 겁니까?"

"물론 그럴 경우에 대해서도 이미 얘기가 되어 있어요. 확정은 아니라고요."

하아. 페이는 한숨을 쉬며 학생회실을 나서려고 했다.

하지만 어제와는 정반대로, 이번에는 레일라가 페이의 뒷모습에 대고 말을 걸었다.

"아, 점심은 이미 들었나요?"

"아뇨, 이제부터 먹을 겁니다."

"그럼 저랑 같이 드는 건 어때요? 저도 아직 안 들었거든요."

"아뇨, 그건 정중히 사양하겠습니다. 식사는 되도록 맛있게 하고 싶거든요."

"그런가요? 아쉽네요."

페이는 진심으로 아쉬워하는 레일라를 내버려 두고 학생회실을 나섰다.

그러고는 곧장 친구들이 기다리고 있을 식당으로 향했다.

"뭐야, 너!"

"닥쳐, 페이는 어디에 있지?!"

페이가 식당 입구에 도착하자, 식당 안에서 게이슨과 브람이 말다툼을 벌이는 소리가 들려왔다.

자세히 보니, 에리스가 브람을 말리려고 애쓰는 중이었지만 아무 소용도 없었다.

"왜 그래?"

페이가 근처에 있던 아이리스에게 말을 걸었다.

"아, 페이 군. 저 브람이라는 녀석이 너 나오라고 난리를 피우고 있지 뭐야."

"그랬구나……. 아, 난 오늘 오므라이스나 먹을까 싶은데."

"어머, 우연이네. 실은 나도 그거 먹을까 싶었거든!"

""야!""

둘이서 점심 식사 메뉴를 정하고 있으니, 게이슨과 브람이 큰 소리로 외쳤다.

"페이, 이 자식 좀 어떻게 해 봐!"

"이 자식이 뭐냐, 이 자식이. 난 칠대 공작가의……."

"거참 귀에 딱지 앉겠네, 진짜!"

"뭐야?!"

"여기 학교란 거 몰라? 신분 따윈 상관없다고요, 도련님!"

"이 자식이……."

한창 말다툼을 벌이는 둘에게 찬물을 끼얹는 모양새로 페이가 게이슨에게 물었다.

"게이슨, 넌 점심 뭐 먹을래?"

"페이…… 이런 상황에서 그런 걸 물어보는 너도 참 대단한 녀석이다. 난 샌드위치!"

"물어본다고 대답하는 너도 똑같아."

아이리스가 어이없다는 투로 게이슨에게 말했다.

"그럼 제가 사 올게요!"

이 자리에서 벗어나고 싶은 모양인지, 멜리아가 그렇게 말하며 자리를 떠났다

"부탁 좀 할게. 돈은 나중에 줄 테니까."

"아, 나도 같이 갈래."

"나도!"

"야야, 잠깐……."

게이슨, 아이리스, 멜리아, 이 세 사람은 자리를 떠나 점심을 사러 갔다. 페이로서는 미처 생각지 못했던 점이었다.

다시 말해 페이 혼자만 남은 것이다. 브람의 이목이 페이를 향한 건 당연했다.

"야, 페이."

그리고 브람은 당연하게도 페이에게 말을 걸었다.

페이는 그런 브람을 성가시다는 듯 쳐다보며 입을 열었다.

"왜 그래? 정령이라면 이제 현현시킬 수 있을 텐데?"

"그야 당연하지!"

"그럼 무슨 일이지? 솔직히 널 상대하는 것도 귀찮거든."

"흥, 과연 언제까지 그딴 시건방진 소릴 할 수 있을까? 난 학생회에 들어갈 거니까 말이다."

"학생회?"

"그래, 정확히는 보좌회라는 곳이라고 하던데, 듣자 하니 나를 영입하기 위해 일부러 만들었다고 하더군."

"아, 그러셔?"

"흥, 여유로운 척하기는. 학생회 임원은 교내에서 본인 판단하에 정령을 현현해도 될 권리를 가지고 있지. 다시 말해, 네놈에게 언제 어느 때 무슨 짓을 해도 문제없다는 거라고!"

"아니, 문제가 왜 안 되겠냐. 최악의 경우에는 임원 자격을 박탈당할지도 모를 일인데. 게다가 넌 이미 얼마 전에 정령을 현현하지 않았던가⋯⋯?"

"어, 어쨌거나, 오늘은 봐주겠지만, 내일부터는 몸조심하는 게 좋을 거라고!"

"⋯⋯."

사실을 지적당해서 반박할 말이 없었을까.

브람은 툭 내뱉듯이 말을 남기고는 에리스와 함께 도망치듯 식당을 나섰다.

하지만 그 발걸음은 어딘가 불안해 보였고, 몸은 살짝 비틀거리고 있었다.

아무래도 아직 마력을 완전하게 회복하지는 않은 모양이었다.

그 무렵, 아르만드 왕국의 왕성 알현실에서는.

"아무리 칠대 공작가라 해도 이번 일은 그냥 넘어갈 수 없소!"

"하지만 무거운 벌을 내렸다가 자칫 반란이라도 일으키면……."

"그게 중요한 게 아니오. 오히려 가벼운 벌을 내리면, 폐하께서 칠대 공작가의 눈치나 보고 있다고 여겨질 것이오. 그리하면 칠대 공작가가 폐하를 우습게 여기는 것은 물론이거니와, 더 나아가서는 폐하의 위엄마저 실추될 우려가 있소!"

나라의 대신, 이른바 중신들이 모여 의논하는 모습을, 한 노인이 조금 높은 곳에 마련된 호화로운 의자에 앉아 내려다보고 있었다.

머리에 쓴 왕관을 통해 그가 이 나라의 왕임을 알 수 있었다.

그 노인은 오른손으로 백발의 턱수염을 쓰다듬으면서 눈을 감고 있었다.

국왕답게 당당한 풍채나, 신하들이 국왕을 염려하는 대화를 통해서도 노인이 성군임을 엿볼 수 있었다.

그런 그가 갑자기 눈을 뜨더니 번뜩이는 눈빛으로 신하들에게 선언했다.

"이번 일과 관련해, 보넷 가문의 처벌은————."

제15화 '마술사 멤버'

오후 수업을 마친 페이는 레일라가 지시했던 대로 학생회실에 가기로 했다.

얘기가 언제 끝날지 알 수 없어서, 페이는 멜리아에게 먼저 가라 집 열쇠를 주었다.

하지만 멜리아는 기다리겠다며 거절했다.

페이는 멜리아가 너무 오래 기다리지 않도록 얼른 대화를 끝내야겠다고 마음먹으며 학생회실로 이동했다.

페이의 발걸음은 무거웠다.

"하아, 브람 이 녀석은 또 보나 마나 사고 칠 것 같은데⋯⋯."

우울해. 페이는 그렇게 중얼거리며 복도를 걸어갔다.

학생회실 앞에 다다른 페이가 문을 두드렸다.

이젠 익숙해진 동작이었다.

허락을 받고 안으로 들어가자 레일라와 세실리아, 그리고 페이가 처음 보는 두 학생이 있었다.

"혹시 제가 늦었습니까?"

"아뇨, 괜찮습니다."

레일라는 그렇게 말하며 미소 지었다.

그 미소를 본 남학생은 레일라를 넋 놓고 보다가…… 그 옆에 있는 여학생이 발을 밟자 울상을 지었다.

"저어, 이분들은?"

"마술사 멤버로 들어갈 나머지 분들이에요."

그렇군. 납득한 페이가 두 학생 쪽을 쳐다보자, 마찬가지로 그들 또한 페이를 쳐다보았다.

"난 그라엠 넬슨. 2학년이지. 잘 부탁한다."

남학생이 자신을 소개했다.

머리는 게이슨의 머리보다 검은색이 더 가미된 듯한 짙은 갈색이었고, 눈은 검은색이었다. 전체적으로 잘 단련된 몸은 무예에 소양이 있는 것처럼 보였다.

"난 세리아 라일리. 마찬가지로 2학년이야. 잘 부탁해."

여학생 쪽은 눈과 머리 양쪽 다 검은색이었다. 머리를 쇼트커트로 잘라서 그런지 왠지 모르게 활발하다는 인상이 느껴졌다.

"아, 저는 페이 디르크라고 합니다. 1학년이죠. 앞으로 잘 부탁드리겠습니다."

"그래, 네가 누군지는 이미 잘 알고 있지."

"알고 있다고요?"

면식은 없을 텐데……. 페이는 자신이 과거에 그들과 만난 적이 있었는지 기억을 뒤져 보았다.

그러자 그런 페이의 모습을 보던 그라엠이 쓴웃음을 지으며 말했다.

"이런 식으로 직접 만난 적은 없었지만, 그때 우리도 그 자리에 있었거든."

"그때……?"

브람과 한판 붙었을 때를 말하는 것임을 떠올리기까지는 그리 오랜 시간이 걸리지 않았다.

동시에 자신이 이 둘과 면식이 없었던 이유도 이해가 갔다.

"그렇군요. 그냥 저를 보기만 했을 뿐이었군요. 어쩐지 만난 기억이 안 나더라고요."

"그리고, 우리는 보넷 영지에 있는 작은 마을 출신이지."

세리아가 말했다.

"그렇다는 말은, 당신들도……."

"그래, 얼추 알고는 있어. 뭐, 교장선생님이 함구령을 내려서 아무한테도 얘기하진 않았지만."

"감사합니다."

함구령이 내려졌다고 해서 정말로 아무 말도 안 하는 사람은 거의 없다.

페이는 속으로 그렇게 생각하면서 감사의 말을 입에 담았다.

"그나저나 브람도 그렇고, 다들 늦네요……."

세리아와 그라엠이 레일라의 말에 반응했다.

"브람도 학생회 보좌회에 들어오는 겁니까?"

그라엠이 레일라에게 물었다.

레일라에게 존댓말을 쓰는 것은 자신보다 연장자라서 그럴 것이다. 그런데 그것과는 별개로, 자신이 사는 마을의 영주 아들을 저렇게 이름으로 막 불러도 되나 싶었다.

페이는 잠시 그런 생각이 들기도 했지만, 애당초 학교에서 권력을 따지는 것 자체가 말이 안 된다고 생각했다.

"네, 그래요."

"그 녀석이 무슨 짓을 저질렀는지, 알고도 그러시는 겁니까?"

"제가 추천한 게 아니에요. 아무리 저라도 그를 기꺼이 받아들일 만큼 심보 고약한 사람은 아니거든요."

"그를 추천한 건 다른 학생회 임원과 선생님들입니다."

"아니, 아무리 그래도 그렇지!"

그라엠의 말투가 점차 거칠어졌다.

"실력만 놓고 따져 보면 그는 당신보다 더 위니까요."

"그건……."

분하지만 인정할 수밖에 없는 사실이었다. 그라엠은 고개를 떨구었다.

자신은 마술사임을 다시금 인식한 모양이었다.

그런 그라엠이 갑자기 고개를 들더니 진지한 표정으로 페이를 쳐다보았다.

"페이, 혹시 무슨 일 있으면 나한테 얘기해! 아마 별 소용은 없겠지만, 그래도 어떻게든 해 줄게!"

"응, 나도!"

대체 무슨 심경의 변화가 있었던 걸까.

혹시 그라엠과 세이라는 페이를 희망으로 여기는 게 아닐까 싶었다.

현재 상황에서 자기들보다 강한 힘을 가진 정령술사를 유일하게 꺾을 수 있는 페이에게 자신들이 할 수 있는 모든 걸 해 주고 싶다. 그렇게 생각하는지도 모른다.

"감사합니다!"

페이는 그라엠과 세이라에게 진심으로 기뻐하는 기색으로 대답했다.

그때, 문 열리는 소리가 났다.

페이는 순간적으로 브람이 왔나 싶어 경계했지만, 문 열리는 소리가 작고 조용한 걸 보니 아닌 모양이었다.

"실례합니다."

자그마한 목소리가 들린 뒤, 밖에서 한 소녀가 안으로 들어왔다.

보라색 쇼트커트 머리에 보라색 눈동자.

여성으로서는 어린 소녀에 더 가까운 느낌이다.

"왔군요."

학생회장이 그 소녀를 보며 그렇게 말했다.

"죄송해요. 늦었습니다."

소녀는 학생회장에게 사과하더니, 페이 일행이 자신을 주시하고 있음을 알아차렸는지 자기소개를 시작했다.

"저는, 유니스…… 유니스 세스나. 2학년입니다."

마술사 멤버는 그라엠과 세이라, 그리고 페이로 구성되어 있다.

이 소녀는 정령술사인가……. 페이는 그렇게 생각하면서 아까와 마찬가지로 자기소개를 했다.

같은 학년이라고는 해도 정령술사와 마술사다. 아무래도 그라엠과 세리아도 유니스와는 별 인연이 없던 모양이었다.

두 사람도 마찬가지로 자기소개를 했다.

페이가 유니스를 쳐다보았다.

유니스는 딱히 마술사를 무시하지 않는다.

지금으로서는 그렇게 보였다.

그런 와중에 유니스 또한 페이를 쳐다보았다.

"저어, 왜 그러시죠?"

"아니, 아무것도……."

종잡을 수 없는 사람이로군……. 그게 바로 페이가 느낀 유니스의 첫인상이었다.

페이가 유니스를 분석하는 동안, 아까와는 달리 문이 커다란 소리를 내며 열리더니,

"실례합니다!"

"시, 실례합니다……."

예상했던 대로 브람과 에리스가 들어왔다.

브람이 레일라에게 인사를 하려고 입을 열었을 때였다. 브람의 시야에 페이의 모습이 들어왔다. 브람은 하려던 말을 삼키고 페이를 보면서 이렇게 말했다.

"네가 여기에 왜 있어?!"

페이는 가만히 이마를 짚었다.

제16화 결투 (전편)

브람이 학생회실에 들어온 순간, 실내가 단숨에 떠들썩해졌다.

"저어, 혹시 페이 오라버니도 보좌회에 들어가시는 건가요?"

에리스는 페이가 학생회실에 있는 것을 보고 그렇게 물었다.

그 말을 들은 페이는 쌀쌀맞게 대답했다.

"몇 번이고 말했습니다만, 전 이제 당신의 오빠가 아닙니다. 그리고 방금 그 질문에 답해 드리자면, 그렇다고 보면 됩니다."

에리스의 물음에 긍정의 뜻을 표하는 페이에게 브람이 인상을 찌푸리며 말했다.

"어째서지? 왜 마술사인 네가 학생회에 있는 거냐고!"

"그러고 보니 아직 말씀을 안 드렸군요……."

그 말을 들은 레일라가 짐짓 이제야 떠올랐다는 듯이 말했다.

"마술사 멤버를 따로 두었거든요. 보좌회 임원 중 3명은 무조건 마술사 출신으로 구성됩니다."

"마술사 멤버라고요?!"

브람은 인정할 수 없다는 듯 불만 가득한 표정을 지었다.

그리고 그 생각은 곧바로 말이 되어 입 밖으로 튀어나왔다.

"그딴 건 대체 왜 만든 겁니까! 학생회는 능력과 실력을 중시하는 조직 아니었습니까? 실력에서 뒤떨어지는 마술사에게 왜 일부러 따로 자리까지 만들어 주면서 학생회에……."

"실력, 말인가요? 그러고 보니 브람 군은 얼마 전 그에게 패하지 않았던가요?"

"──윽! 그, 그건, 어디까지나 방심했을 뿐이라고요!"

"설령 방심했다고 한들, 단지 그런 이유 때문에 진 거라면 실력 차이는 별로 없는 게 아닐까요?"

브람은 정곡을 찔렸는지 짜증스럽다는 표정을 지었다.

"인정 못 해, 난 인정 못 한다고!"

브람은 그렇게 중얼거리더니 페이에게 달려들어 주먹을 내질렀다.

하지만 그 주먹은 브람과 페이 사이를 가로막고 선 한 남자에게 막혔다.

"이 자식이, 무슨 짓이야. 이거 놔!"

"그럴 순 없지. 소중한 후배가 맞는 걸 가만히 구경만 하고 있을 순 없는 노릇이니까. 난 그렇게까지 인정머리 없는 놈은 아니거든."

"후배……? 네놈도 마술사냐!"

"정답~."

그라엠은 장난스러운 투로 말하며 브람의 오른손을 비틀고는 그대로 문 쪽으로 밀쳤다.

"감사합니다."

"뭘~ 이 정도 가지고."

문에 몸을 부딪친 브람이 앞으로 쓰러졌다.

에리스는 그런 브람의 모습을 보고는 "괜찮으세요?"라고 물으며 부축해 주려고 했지만, 브람이 그 손길을 뿌리쳤다.

고통스러워하면서도 스스로 일어선 브람에게 그라엠이 말했다.

"자기 형을 때리려고 달려드는 건 좀 그렇지 않냐?"

"시끄러. 그 녀석은 이제 더 이상 보넷 가문 사람이 아니라고. 남남이란 말이다!"

"난 너 같은 놈은 딱 질색이야. 만약 페이에게 손끝 하나라도 건드렸다간 내가 가만두지 않겠다!"

"이건 보넷 가문의 집안 사정이라고. 외부인은 간섭하지 마!"

"아까 직접 네 입으로 페이는 보넷 가문 사람이 아니라고 하지 않았던가?"

"닥쳐!"

브람은 정론으로 반박을 받고 받아칠 말이 없었는지 이번에는 그라엠에게 달려들었다.

그때였다. 브람의 머리 위에 나타난 물 덩어리가 브람의 온몸을 적셨다.

"더 이상의 추태는 용납하지 않겠습니다!"

레일라의 엄숙한 목소리가 실내에 쩌렁쩌렁 울렸다.

브람은 그 말을 듣고 아차 싶은 표정을 지으며 곧장 사과했다.

"──윽! 죄, 죄송합니다. 제가 그만 이성을 잃었군요."

학생회장의 꾸지람을 듣고 사과한 브람. 하지만 페이를 원한

어린 눈빛으로 쳐다보는 건 여전했다.

"회장님, 이 학교에는 학생들 간의 분쟁은 결투라는 형태로 해결하는 관습이 있다고 들었습니다만, 이 자식…… 페이랑 결투를 하고 싶습니다!"

"분명 옛날에는 빈번하게 행해졌다고 들었습니다만……."

"그렇다면!"

"어떻게 생각하시나요, 페이 군."

레일라는 잠시 망설인 뒤 결정을 페이에게 넘겼다.

"으음……."

갑자기 결정을 떠맡게 되자 페이는 난감한 기색이었다.

페이가 브람을 보니 도발적인 표정을 짓고 있었다.

페이는 그 도발에 응할 마음이 털끝만큼도 없었다. 하지만 이참에 확실하게 밟아 줘야 나중에 귀찮은 일이 일어나지 않을 것 같았기에 승낙했다.

"그럼, 나중에 실기실에서 하죠."

브람은 레일라의 말이 끝나기 무섭게 방을 나섰고, 에리스가 그 뒤를 쫓았다.

세실리아는 평소와는 다른 브람의 모습에 당혹스러운 기색이었다.

"회장님, 저래도 학생회에 들일 겁니까?"

그라엠이 학생회장에게 물었다.

"저 사람의 성격이 저런 건 예전부터 알고 있었어요."

"아니, 그럼 어째서!"

"하지만, 다른 임원들은 그의 본모습을 거의 모르죠. 그렇기에 저는 딱히 이의를 제기하지 않고 그를 보좌회에 들인 거예요."

"그게 무슨 말씀이십니까?"

"저 사람의 본모습을 보여 주면, 다른 분들도 그를 학생회에 들이는 걸 반대할 테죠. 그렇기에 그를 보좌회에 들인 거예요. 게다가 전 내년에 그를 학생회에 들이겠다는 말은 한마디도 하지 않았고요. 그는 페이 군이 들어오면 반드시 본인의 본모습을 드러낼 겁니다."

그라엠은 영 미심쩍다는 표정을 지었다. 그건 페이를 비롯한 다른 사람들도 마찬가지였다.

"그래서 저를 들이는 데 그렇게나 필사적이었던 겁니까?"

페이가 물었다.

"네, 당신에게는 미안하게 됐지만요. 하지만 이로써 보넷 가문의 어두운 그림자도 조금씩 없앨 수 있지 않을까 싶었거든요."

"거기까지 생각이 미치셨군요……."

페이는 레일라에 대한 평가를 높이며, 멜리아가 자신을 기다리고 있음을 떠올렸다.

그 후, 페이는 레일라로부터 잠시 결투에 관한 설명을 들었다.

페이는 실기실로 가기 전에 멜리아가 기다리고 있을 교실로 향했다.

페이가 교실 안으로 들어가자, 예상했던 대로 멜리아가 그곳에서 자신을 기다리고 있었다. 페이가 왔음을 알아차리고는 자리에서 일어나 달려왔다.

"볼일 다 보셨나요?"

"그게, 실은……."

페이는 난처했다.

지금부터 브람과 결투를 벌인다는 말을 차마 꺼내기 힘들었다.

그렇기에 한시라도 빨리 멜리아를 집으로 보내고 싶었다.

"무슨 일이 있었나요?"

"시간이 조금 더 걸릴 것 같거든. 그러니 먼저 가지 않을래?"

"어, 그럼 저도 같이 갈까요? 또 교실까지 오시게 하는 것도 죄송하니까요."

"아니, 그러니까 먼저……."

"같이 가겠어요!"

"아, 알았어……."

왜 이렇게까지 자신과 같이 집에 가려고 하는 걸까.

페이로서는 이해할 수 없었다.

페이는 멜리아와 같이 실기실로 가면서 멜리아를 데려가도 괜찮은지 고민했지만, 그렇게 고민하는 동안 어느새 실기실에 도착하고 말았다.

실기실 안에는 이미 브람과 그라엠, 그리고 레일라를 비롯한 학생회 사람들과…….

"게이슨, 아이리스. 너희가 여긴 어쩐 일이야?"

"아, 페이."

페이의 목소리를 들은 게이슨이 페이에게 말했다.

"어쩐 일이긴, 【인챈트 보디】 연습 중이었지. 그러는 너는?"

"아, 나는……."

"지금부터 결투를 벌일 예정이라 자리를 빌리고 싶은데요."

페이가 결투 얘기를 해도 되나 고민하고 있을 때, 레일라가 먼저 게이슨에게 그렇게 말했다.

"결투요?"

아이리스와 게이슨이 의아한 표정으로 레일라를 쳐다보았다.

"네, 페이 군과 브람 군의 결투를요."

"야, 잠깐. 왜 결투 같은 걸 벌이는데?"

게이슨이 페이에게 묻자, 레일라가 대신 답했다.

"결판을 내는 것이죠."

"결판을 낸다고요?"

"네, 일단 실기실을 빌리고 싶은데, 괜찮을까요?"

"아, 네에……."

게이슨은 페이를 흘끗 쳐다보고는 승낙했다.

아이리스도 딱히 반대하는 느낌은 아니었다.

그런 와중에 페이의 뒤를 따라온 멜리아는 상황을 이해하지 못하여 당황한 기색이었다.

페이는 그런 멜리아를 진정시키며 브람이 서서 기다리고 있는 실기실 중앙으로 향했다.

게이슨, 아이리스, 멜리아, 레일라, 세실리아, 그리고 보좌회 멤버는 페이와 브람을 남기고 모두 방 가장자리에 설치된 결계에 들어갔다.

"야, 얼른 시작해!"

브람이 페이에게 짜증 섞인 투로 말했다.

"그럼 어느 한쪽이 항복하거나, 더 이상 전투를 실행할 수 없다고 제가 판단할 때까지 결투를 계속하세요. 일단 회복 마법은 쓸 수 있지만, 이번 결투로 발생한 부상은 어디까지나 자신의 책임이니 적정한 선에서 해 주시길…… 그럼, 결투 시작!!"

"부상은 자신의 책임……이란 말이지."

브람은 레일라의 말에 그렇게 중얼거리고는 음흉한 웃음을 지어 보였다.

그리고 마력을 개방하더니 오른팔을 들어 공중에 불덩어리를 10개 가까이 출현시켰다.

"죽어라! 【파이어 볼】!!"

죽이겠다는 의사를 확고히 담아 만들어 낸 불덩어리가 마치 페이를 불태워 죽일 듯한 기세로 덮쳐들었다.

"【인챈트 보디】."

페이는 계통 외 마법 【인챈트 보디】로 자신의 신체 능력을 강화하여 그 마법을 피했다.

불덩어리가 표적을 빗나가 바닥에 착탄한 순간에 발생한 소리가 실내에 울려 퍼졌다.

그런 와중에 페이는 흰색의 순수한 마력을 몸에 두른 채 그 불덩어리들을 가볍게 피했다.

결계 안에 있던 게이슨이 그 모습을 보고 중얼거렸다.

"저 녀석의 마력, 아름다운데?"

"페이 님……이시니까요!"

멜리아는 만면에 미소를 지으며 대답했다.

페이가 질 리가 없다고 확신하고 있는 것이다.

"역시나 네놈에게 이 정도 마법은 씨알도 안 먹히나 보군!"

브람은 불덩어리를 모조리 피한 페이를 쳐다보면서 입가를 끌어 올리며 그렇게 외쳤다.

"브람, 네 마법은 저번에도 나한테 안 먹혔잖아. 하다못해 상급 마법이라도 쓰지 않으면 날 이길 수 없을걸?"

그렇다. 브람은 아직 중급 마법밖에 행사하지 않았다.

자신이 정령 마법을 쓸 수 있음에 자만하여 자신의 마법을 단련하지 않았기 때문이다.

그리고 정령 마법 또한 페이는 저번에 썼던 그 방법으로 상쇄할 수 있었다.

브람에게 승산은 없었다.

이때 결계 안에 있는 자도 그렇게 생각했다.

"상급 마법, 이란 말이지."

이런 상황에서 브람은 입가를 더욱 끌어 올렸다.

그게 단지 허세라고 여긴 페이는 마력을 전개하여 공격 준비를 갖췄다.

하지만, 그 직후―――.

"이게, 네가 말한 그 상급 마법이냐!!"

"아니……!"

페이가 놀라움에 찬 소리를 냈다.

그도 그럴 터.

느닷없이 출현한 불의 파도가 페이를 향해 덮쳐들었다.

그것은 불의 상급 마법 【플레임 웨이브】.

의심할 여지없는 상급 마법이었다.

제17화 결투 (중편)

"【워터 웨이브】."

페이는 브람이 아무런 전조도 보이지 않고 명창도 없이 행사한 불의 상급 마법 【플레임 웨이브】에 깜짝 놀랐지만, 같은 상급 마법, 그것도 불 속성과 상극인 물의 상급 마법 【워터 웨이브】를 즉각 행사하여 마법을 상쇄하려고 했다.

꿩음을 내며 덮쳐드는 불의 파도와, 그것을 맞받아치고자 하는 물의 파도.

그 둘이 서로 부딪치자, 마치 구름이 생기는 게 아닐까 싶은 착각이 들 정도의 막대한 수증기가 발생했다.

그리고 한동안 힘겨루기를 이어 가다가 불의 파도가 사라졌다. 그리고 그와 동시에 물의 파도도 사라졌다.

페이와 브람이 있는 장소에는 안개가 자욱하게 끼기 시작했고, 서로의 모습이 흐릿해졌다.

페이는 자신이 행사한 마법이 상쇄되었음에 놀라면서도 계통 외 마법 【인챈트 보디】로 강화한 신체 능력을 살려 브람으로부터 거리를 벌리듯 뒤쪽으로 크게 도약했다.

"왜 그러지? 도망치는 거냐?"

그 모습을 보고 자신이 압도하고 있다고 여겼는지 브람이 비웃듯 말했다.

"이봐, 설마 이걸로 끝은 아니겠지?!"

그러고는 다시금 불의 파도를 출현시켜 페이를 덮치게 했다.

또다……. 페이는 속으로 그렇게 생각했다.

브람이 상급 마법을 쓸 수 있어서 페이가 깜짝 놀란 건 사실이었다.

하지만 그게 전부였다면 자신도 상급 마법을 써서 상쇄하면 될 일이다.

방금 그랬듯이 말이다.

문제는 브람이 상급 마법을 행사할 때 그 전조가 전혀 느껴지질 않았다는 것이다.

원래 마법을 행사할 때는 마법의 이름을 말하는 과정…… 다시 말해 『명창』이 필요하며, 숙련된 술사라면 상대의 마력의 움직임을 느낄 수 있다.

전조라 할 수 있는 현상이 반드시 나타나는 것이다.

게다가 마법이 강력할수록 전조는 더욱 두드러졌다.

그리고 페이는 그런 마력의 움직임을 느낄 수 있으며, 그게 무슨 마법인지를 정확히 예측하여 대응할 수 있다.

하지만 아까 브람에게서는 초급 마법을 행사하는 수준의 마력밖에 느끼지 못했고, 브람은 명창조차 하지 않았었다. 도무지 상급 마법을 사용하는 걸로는 보이지 않았다.

게다가 브람이 행사한 마법은 마력의 순도가 높았다. 그렇기에 페이의 상급 마법과 힘겨루기를 벌일 수 있었다.

이 마법의 숙련도는 브람의 실력을 아득히 능가했다.

"【워터 웨이브】."

어쨌거나 아까와 똑같은 마법이라면 방금 그랬듯 상쇄하면 그만이다.

페이는 다시금 상급 마법을 행사했다.

"——!"

상급 마법끼리 충돌하면서 막대한 수증기가 발생했다. 그리고 그것을 가르듯 브람이 내쏜 불의 화살, 불의 중급 정령 마법 【플레임 애로】가 페이를 향해 날아들었다.

"【워터 월】!"

하지만 수증기 너머에 있는 브람에게서 마력의 움직임을 읽고 그 명창을 들은 페이는 이를 예측하고 있었다.

침착하게 물의 중급 마법 【워터 월】을 행사하여 상쇄했다.

안개가 걷히자, 그 너머에서는 저번과 마찬가지로 이글이글 타오르는 화염을 몸에 두른 늑대, 중급 정령 플레임 울프가 현현해 있었다.

플레임 울프의 곁에 서 있는 브람을 보고, 페이는 더욱 강렬하게 위화감을 느꼈다.

초급 마법과 상급 마법 두 발, 그리고 정령 마법마저 행사했음에도 불구하고 브람은 조금도 지친 기색이 없었다.

설마……. 그 모습을 본 페이는 귀에 마력을 집중하여 청력을 강화했다.

─────────────────쨍그랑.

무언가가 깨지는 소리가 들림과 동시에 불의 파도가 출현했다.

페이는 그것을 상쇄하고자 전방을 향해 【워터 웨이브】를 행사하고자 했지만, 문득 뒤에서 마력의 움직임을 느끼고는 몸을 뒤로 돌렸다.

그곳에는 어느샌가 이동한 플레임 울프가 페이를 위협하듯 몸에 난 털…… 아니, 불의 털을 곤두세우며 브람의 명창과 동시에 불의 하급 정령 마법 【플레임 니들】을 내쏘았다.

"죽어라아!!"

브람의 목소리를 신호로 앞에서는 불의 파도가, 뒤에서는 불의 바늘이 페이를 향해 덮쳐들었다.

페이는 그 광경을 싸늘한 눈빛으로 냉정하게 바라보았다.

한편, 아까 결계 안에서는 브람이 상급 마법을 행사했다는 사실에 경악에 찬 소리를 질렀다가, 지금은 절체절명의 위기에 빠진 페이에게 비명과도 같은 소리를 지르고 있었다.

"이 정도는 문제없어……."

페이는 몹시 냉정한 목소리로 그렇게 중얼거리고는 오른손을 앞으로, 왼손을 뒤로 뻗고는──.

"【워터 웨이브】, 【윈드 스트림】."

두 마법명을 명창했다.

앞쪽으로는 물의 파도를 내쏘아 불의 파도를 상쇄한다.

그리고 뒤쪽으로는 바람의 상급 마법 【윈드 스트림】을 행사하여 불의 바늘을 공중에서 멈추게 했다. 거기에 방대하고 응축된 마력을 덧붙이자, 페이가 제어하는 공기가 불의 바늘을 감싸더니 그 불의 바늘을 곧장 브람 쪽으로 되쏘았다.

"아니, 이럴 수가──!"

【플레임 니들】이 브람에게 직격하기 직전이었다. 다시금 쨍그랑 하는 소리가 들리는가 싶더니, 물의 파도가 브람을 지키는 모양새로 출현했다.

하지만 페이의 바람 속성 마법이 가미된 【플레임 니들】 몇 개는 미처 상쇄하지 못했고, 그것은 그대로 브람에게 직격했다.

"이럴 수가! 전혀 다른 상급 마법을, 동시에 행사하다니!"

브람은 비틀비틀 일어서면서 믿을 수 없다는 표정으로 페이를 향해 그렇게 외쳤다.

"뭐가 그리 놀랍지? 그러는 너야말로 나랑 비슷하게 상급 마법과 중급 정령 마법을 동시에 행사했잖아?"

"그, 그건……."

"난 다 알고 있다고. 지금 네 마력과 네 언동, 그리고 무언가가 깨지는 듯한 소리를 듣고 확신했어. 그거, 아르나 광석 맞지?"

페이는 분노에 가득 찬 눈빛으로 브람을 노려보면서 그렇게 말했다.

────아르나 광석.

그것은 아르나 제국에서 8년 전에 발견된 광석이었다.

아르나 제국은 원래 아르나 공국이라 불렸으며, 공업이 발달한 것 말고는 딱히 이렇다 할 특색이 없는 소국이었다.

하지만 8년 전, 국내에 있는 어느 광산에서 땅 마법을 사용하여 광물을 채굴하던 도중, 행사한 마법이 흡수되는 바람에 채굴이 불가능한 광석이 발견되었다.

그것이 바로 아르나 광석이었다.

아르나 공국은 즉각 그 광석 연구에 착수했다. 1년 후에는 마법을 광석 내에 보존한 뒤 소량의 마력을 흘리면 기존에 보존하고 있던 마법을 해방할 수 있음을, 다시 말해 방출할 수 있음을 발견하기에 이르렀다.

그 이후로 아르나 공국은 다른 나라에 아르나 광석을 팔아 막대한 수익을 올림으로써 국력이 크게 증대되었다.

몇 년 전부터는 가난한 이웃 국가들을 흡수, 병합을 반복하여 2년 전에는 아르나 제국으로 거듭나게 되었다.

조금이라도 마력을 가지고 있으면 누구든 강력한 마법을 쓸 수 있는 아르나 광석이지만, 그렇다고 누구든지 손쉽게 입수하여 쓸 수 있는 건 아니었다.

만약 손쉽게 구할 수 있었다면 별다른 노력 없이 상위 술사를 능가했을 것이다.

아르나 광석이 널리 쓰이지 않게 된 이유는 크게 두 가지였다.

하나는 단순히 채굴량이 적었기 때문이었다.

현재까지 확인된 바로는, 아르나 광석은 아르나 제국 및 그 주변국 내의 극히 한정된 지역에서만 채굴할 수 있었다.

소량밖에 채굴할 수 없었던 데다 그 특성상 소모품이었기에 공급이 부족했다. 따라서 아르나 광석 하나하나의 가치는 대단히 높았다.

때문에 필연적으로 가격도 덩달아 오를 수밖에 없었다.

아르나 광석을 하나 사는 데 필요한 금액만 해도 일반 4인 가족이 1년은 생활하고도 남을 정도였다.

그리고 또 하나는 아르나 광석에 마법을 보존하기가 대단히 어렵다는 점이었다. 이 점이 바로 널리 쓰이지 않게 된 주된 이유였다.

광석에 마법을 보존하려면 일단 보존할 마법을 발동해야 한다.

불의 초급 마법 【파이어 볼】을 예로 들자면.

마력을 불덩어리로 바꿔 그것을 응축해야 한다.

하지만 이때 지나치게 응축하면 불덩어리는 마력이 되어 사라지게 된다.

마력으로 되돌아가지 않는 아슬아슬한 선까지 응축한 불덩어리를 광석에 흘려보내면 마법을 아르나 광석에 보존할 수 있다.

하지만 마법이 마력으로 되돌아가지 않게끔 응축하면서 아르나 광석 자체를 파괴하지 않을 정도의 마력 조작이 필요하기 때문에, 마법을 보존하는 데는 상당한 기량을 가진 술사가 필수적이다.

그런 이유 때문에 아르나 광석은 주로 각국의 왕족이나 그에 준하는 신분의 사람이 사용하거나, 그런 그들을 경비하는 근위 기사 등이 만약의 사태에 대비해 지급받는 정도였다.

"——그거, 아르나 광석 맞지?"

페이는 분노가 담긴 눈빛으로 브람을 가만히 노려보았다.

그 말을 들은 브람은 한순간 인상을 찌푸렸지만, 곧바로 초연한 표정을 지으며 입을 열었다.

"그걸 이제 알았냐?! 참 빨리도 알아차리는구나!"

"이건 분명 결투였을 텐데?"

"그래서 그게 뭐 어쨌다는 거지?! 아르나 광석을 쓰면 안 된다는 규정이라도 있었나?!"

그 말을 들은 레일라는 마치 벌레 씹은 듯한 표정을 지으며 고개를 떨구었다.

귀하고 비싼 아르나 광석이 이런 데서 쓰일 줄은 아무도 몰랐을 것이다.

페이는 레일라를 탓할 마음은 없었다.

하지만 그럼에도 브람만큼은⋯⋯.

"결투는, 자기 힘으로 싸우는 거 아니었나?"

"힘이라고? 난 너랑 달리 많은 힘을 가지고 있지! 권력, 재력, 지력, 능력, 실력⋯⋯ 다시 말해 내 재력으로 산 아르나 광석 또한 내 힘이란 말이다!"

브람이 얼토당토않은 주장을 펼쳤다.

하지만 반론할 수는 없었다.

권력. 페이는 그것 때문에 목숨을 빼앗길 뻔했던 적이 있었다.

그것이 힘이라는 건 잘 알고 있었다.

"그런데 그만한 돈을 대체 어디에서 긁어 모은 거지?"

"긁어 모아⋯⋯? 이거 표현이 잘못되었군! 이건 딱히 고생해서 구한 게 아니니까 말이다!"

"……."

"이건 영지에서 거둔 세금으로 구매했지!"

역시나. 페이는 내심 기가 막혔다.

이미 몇 개나 사용했는데도 아까워하는 기색도 없이 여유로운 표정을 보이는 걸로 미루어 봤을 때, 브람은 아직 몇 개, 혹은 몇십 개나 되는 아르나 광석을 가지고 있는 모양이었다.

그리고 그만한 양을 이런 데서 쓴다는 건, 보넷 가문은 이미 헤아릴 수 없이 많은 수의 아르나 광석을 소유하고 있다는 얘기다.

그리고 그것들을 모두 세금으로 충당하려면 아르만드 왕국의 일반적인 세율로는 턱없이 부족하다.

"마지막으로 하나만 더 물어봐도 될까?"

"뭔데?"

"그 광석에 마법을 보존한 사람은……."

"아하, 그야 아버지지."

"그러냐……."

페이는 그렇게 중얼거리며 고개를 떨구었다.

그 모습을 본 브람은 페이가 체념했다고 여겼는지 의기양양한 태도로 말했다.

"나에게 무릎 꿇고 빌면서 항복하겠다고 말하면 이만 여기서 끝내 줄 수도 있지!"

브람이 입가를 한껏 일그러뜨리며 그렇게 말했다. 결계 안에서 그런 브람의 모습을 본 사람들은 오한을 느끼고 몸을 떨었다.

하지만 이어지는 페이의 말에 더 강한 오한을 느끼게 된다.

"왜…… 내가 굳이 항복해야 하지?"

"뭣이?!"

"안 그래? 너무 아깝잖아?"

"지금 무슨 소릴 하는 거야!"

"속으로는 이미 결단을 내렸다고 생각했는데, 하지만 그보다 더 안쪽 깊은 곳에서는 그동안 잊으려고 했던…… 잊었다고 생각했던 원한이 잔뜩 쌓여 있었을 줄이야."

"그래서 대체 무슨 말을 하고 싶은 건데?!"

알 수 없는 소리나 하는 페이에게 브람은 짜증이 치솟았다.

"정말로 아까워. 나를 버린 뒤 죽이려고 했던 그 남자의 마법을 철저하게 깨부수고 짓밟을 기회를 내 손으로 내팽개치는 건 말이야──!"

페이의 몸에서 방대한 마력이 방출되었다.

아까하고는 비교도 되지 않을 만큼의 양이었다.

결코 좁지 않은 실기실 천장을 가득 덮고도 남을 만큼의 불덩어리가 출현했다.

"──얼른 해. 얼른! 얼른 그 남자의 힘을 나에게 보이란 말이다!"

수십…… 아니, 수백에 가까운 불덩어리가 공중에 떠 있었다.

"아무리 그래도 이건 말도 안 돼! 아무리 초급 마법이라 해도 이만한 수를 순식간에 전개하는 건 있을 수 없는 일이야!"

그 광경을 보고 전율했는지, 브람은 그것들을 손으로 뿌리치는 동작을 취하면서 그렇게 말했다.

페이는 그런 브람을 싸늘한 눈빛으로 뚫어지라 쳐다보면서 아까하고는 전혀 다른 분위기를 내뿜기 시작했다.

그런 페이의 모습에 결계 안에 있던 이들은 두려움마저 느끼기 시작했다.

"지금이라면 항복을 받아 주지."

"──큭! 누가 너 따위한테 항복할 줄 알고!"

브람은 페이의 도발을 받고 머리에 피가 쏠렸다.

하지만 페이는 브람의 대답을 듣고는 오히려 안도하는 표정을 지었다.

"그래? 그거 다행이군. 모처럼 그 남자의 마법을 유린할 기회가 왔는데, 지금 여기서 중단했다간 그 기회를 날릴 뻔했어."

브람은 페이의 태도가 거슬렸는지 주먹보다 조금 작고 투명한 광석을 여봐란듯이 과시했다. 그리고 그 아르나 광석에 마력을 흘려보냈다.

광석에 금이 가더니, 그 안에 응축되어 있던 물의 파도—— 물의 상급 마법 【워터 웨이브】가 나타나 서서히 커지면서 페이를 덮치려고 했다.

페이는 자신이 공격할 타이밍을 대놓고 알려 주는 브람을 보고 한숨을 쉬면서 공중에서 대기하고 있던 불덩어리들을 파도에다 쏘았다.

"【파이어 볼】."

불덩어리가 물의 파도에 닿자, 해당 부분의 물이 증발함과 동시에 불덩어리도 사라졌다.

천장에 전개되어 있던 불덩어리의 절반 정도를 쏘자 물의 파도가 사라졌다.

그 모습을 보던 브람의 발치에, 어느샌가 곁으로 돌아온 플레임 울프가 불의 털을 곤두세우며 페이를 쳐다보았다.

"이럴 수가! 겨우 초급 마법으로 상급 마법을, 그것도 아버지의 마법을 상쇄하다니!"

브람이 경악하거나 말거나, 페이는 그 결과에 기뻐하는 기색조차 내비치지 않고서 오히려 분하다는 표정을 지었다.

설마 상쇄하는 데 이만큼 많은 【파이어 볼】이 소모될 줄은 몰랐다.

더 압도적인 승리를 원했는데.

페이가 그런 생각을 하고 있을 때, 브람이 이번에는 아르나 광석을 두 개 꺼내 마력을 쏟기 시작했다.

불의 파도가 페이를 양쪽에서 협공하듯 밀어닥쳤고, 거기에다 전방에서도 불의 중급 정령 마법 【플레임 애로】가 날아왔다.

생각에 잠긴 페이의 모습은 옆에서 보면 그저 멍하니 있는 것처럼 보였다.

브람은 그런 페이의 모습에 드디어 페이가 체념했나 싶어 입꼬리를 끌어 올리며, "이대로 불타 죽어라!"라고 외쳤다.

"그렇구나. 억누르면 되겠어."

페이가 무언가를 중얼거리는가 싶더니, 상공에 떠다니던 불덩어리가 흩어지며 다시 마력이 되어 페이에게 흘러 들어왔다.

"【윈드 스트림】!"

페이가 행사한 건 바람의 상급 마법 【윈드 스트림】이었다.

마치 폭풍처럼 휘몰아치는 바람이 불의 파도와 불의 화살을 덮으며 날려 버리려고 했다.

하지만 휘몰아치는 바람 속에서도 그것들은 페이를 향해 가고자 계속해서 활활 타올랐다.

"더, 더! 먹어치워! 지배해! 그 남자의 마법 따윈, 마력째로 철저히 깨부수란 말이야!!"

페이가 분노에 찬 목소리로 원한에 사무친 말들을 마치 저주를 퍼붓듯 외쳤다.

마치 그 심정을 체현하듯 마력이 계속해서 흐르며 더 강력한 바람을 자아냈다.

플레임 울프는 휘몰아치는 바람에 먹혀 실체화가 풀렸다.

그와 동시에 페이를 향하던 불의 화살도 사라졌다.

"더! 더! 더! 더!"

정령 마법은 정령이 행사하기에 그 정령의 실체화가 풀리면 정령 마법은 사라진다. 하지만 불의 파도는 아직 사라지지 않았다.

그런데도 파도의 범위는 서서히 좁아지고, 압축되어 갔다.

브람은 플레임 울프가 사라지기 전에 이미 바람에 휩쓸려 날아가 버렸고, 벽에 부딪쳐 어이없이 기절하고 말았다.

거기에서 그치지 않고 실기실 벽에서 금이 가는 소리가 나고 있었지만, 페이에겐 사소한 일에 지나지 않았다.

그저 눈앞에 있는 저 가증스러운 불의 파도를 유린하는 일에만 온 정신을 집중했다.

"사라져라!!"

——쿠와아아앙.

불의 파도는 요란한 폭발음을 내며 완전히 사라져 흩어졌다.

미처 상쇄되지 못하고 갈 곳을 잃은 【윈드 스트림】은 벽에 격돌했다.

"해냈어……."

페이는 작지만 분명하게 그 한마디를 입에 담았다.

그 한마디에는 온갖 감정이 실려 있었다.

지금의 페이에게 브람 따위는 안중에도 없었다.

【윈드 스트림】이 격돌하는 바람에 한동안 자욱하게 껴 있던 분진이 서서히 걷혀 나갔다.

벽에는 커다란 구멍이 뻥 뚫렸고, 그곳으로 맑게 갠 푸른 하늘이 엿보였다.

페이는 그 하늘처럼 환한 표정을 지으며 하늘을 바라보았다.

실기실 곳곳에는 전투의 흔적이 남아 있었다.

그 흔적들이 지금 이 자리에 깔린 정적과 맞물려 이질적인 분위기를 자아냈다.

지금 이 자리에 있는 모든 이들이 실내 한 곳을 보고 있었다.

그 시선 끝에는, 벽에 뚫린 커다란 구멍을 통해 맑게 갠 드넓은 하늘을 조용히 올려다보고 있는 페이의 모습이 있었다.

"이번에도 요란하게 부쉈군요."

어느새 결계 밖으로 나온 레일라가 페이에게 그렇게 말했다.

"제가 이겼다고 보면 되겠죠?"

"네, 브람 군도 기절했으니, 누가 봐도 승패는 명백하죠."

"그런가요. 그럼 마술사 멤버는 이대로 계속 유지되는 거죠?"

"물론이에요. 실력이 뒤떨어지는 마술사를 인정하지 못하겠다고 했던 그가 마술사에게 패배한 것이니, 그는 더 이상 그런 말을 할 자격이 없어요."

레일라의 뒤에서 그라엠과 세리아가 하이파이브를 나누었다.

"아직이다……. 아직, 난 지지 않았어!"

그때 다시 정신을 차린 브람이 일어서면서 그렇게 말했다.

하지만 마력이 고갈된 모양인지 숨은 거칠었고 몸은 휘청거렸다. 몸조차 제대로 가누기 힘든 상태였다.

"정말 꼴사납군요! 이번 결투는 누가 봐도 당신이 패배했어요!"

"크윽……."

레일라의 질타를 받고 브람은 고개를 푹 숙였다.

"어째서지. 어째서 너 따위에게 진 거지……? 맨날, 맨날, 맨날! 왜 네놈은 나보다 항상 앞서 있냔 말이다!"

"브람……."

페이는 자기도 모르게 그 이름을 부르고 말았다.

"내가, 너 따위에게 질 리 없단 말이다! 재능 하나만으로 살아온 너 따위에게……. 대체 왜 지금 내 앞에 나타난 거냐고! 너 따위는…… 너 따위는, 그때 죽었으면 좋았을 텐데!"

"──끅!"

말로는 브람을 남으로 치부했던 페이도 동생에게 그런 소리를 대놓고 들으면 가슴이 아픈지 신음에 가까운 소리를 냈다.

페이의 표정에는 분노와 증오.

그리고 무엇보다도 슬픔의 감정이 드러나 있었다.

"그렇지…… 그렇지 않아요!!"

평소에는 말수가 적던 에리스가 갑자기 커다란 목소리로 그렇게 외쳤다.

하지만 어디까지나 본인 기준에서 컸을 뿐이지, 목소리 크기 자체는 보통 수준이었지만 말이다.

"브람 오라버니는 모르시겠지만, 페이 오라버니는 매일 밤늦게까지 마법을 공부하고 이른 아침부터 마법 연습과 마력 조작 단련 등을 해 오셨어요……. 저희가 자고 있을 때에도, 놀고 있을 때에도, 언제나, 언제나…… 녹초가 되어 가면서까지……. 그런데 그걸, 재능 하나로 치부하다니요……."

에리스는 눈물을 흘리며 입가를 억눌렀다.

그녀가 이렇게까지 자신의 의견을 말하는 모습에 그녀를 아는 모든 이들은 깜짝 놀랐다.

페이는 자기도 모르게 에리스에게서 고개를 돌렸다.

그리고 브람을 보고는 이렇게 말했다.

"브람, 강해지는 요령은 자신이 누군가로부터 사랑받고 있다고 '믿는 것'이야."

"그게 무슨 소리지?"

"글쎄? 아, 회장님. 저 벽 말인데요……."

"그건 신경 안 써도 돼요. 나중에 수리할 테니까요."

"그렇습니까……."

페이는 그렇게 답하고는 멜리아에게 이만 돌아가자며 그녀의 손을 쥐었다.

"야…… 야, 페이!"

게이슨이 페이에게 말을 걸었다.

"미안해, 게이슨. 피곤하니까 내일 다시 얘기하자."

페이는 그렇게 말을 남기고 실기실을 떠났다.

문을 열고 집 안으로 들어왔다.

페이가 멜리아를 바라보자, 멜리아는 고개를 새빨갛게 물들이고 있었다.

"응? 멜리아, 왜 그래?"

"아뇨, 그게, 손을……."

"아, 미안해."

멜리아의 지적을 받은 페이는 그제야 잡고 있던 손을 황급히 놓았다.

"앗⋯⋯."

"응⋯⋯?"

멜리아는 아쉽다는 표정을 지었다. 하지만 페이는 그 반응을 이상하게 여기기만 했다.

그 뒤, 가볍게 식사하고 나서 멜리아가 먼저 욕실에 들어갔다.

페이는 멜리아가 욕실에서 나오기를 기다리는 동안 침대에 누워 오른팔을 머리 위에 올렸다.

눈을 감자, 아까 치렀던 전투가 머릿속에서 다시 살아났다.

"결국엔 나도 브람하고 다를 바 없단⋯⋯ 말인가."

페이는 자신이 분노와 증오에 몸을 맡긴 채 마법을 발동했음을 떠올리고 후회했다.

이래서는 그때랑 다를 바가 없음을.

그때 라나에게 상처를 준 뒤로 조금도 성장하지 못했음을.

그렇게 생각함과 동시에 아까 에리스가 했던 말과 눈물이 가슴을 찔렀다.

"아니야⋯⋯. 아니라고!"

에리스가 자신을 싫어하지 않을 리 없다!

자신을 쫓아낸 건 다름 아닌 가족들이 아닌가.

페이는 상체를 일으켜 세우고 시야에 들어온 책장을 보았다.

그 위에는 검고 어둡게 물든 유리구슬이 놓여 있었다⋯⋯.

제19화 우정과 배려

페이는 옆에서 들려오는 숨소리와 따뜻한 온기, 그리고 부드러운 감촉을 느끼고 눈을 떴다.

멜리아가 페이의 옆에서 자는 중이었다.

페이는 멜리아의 감촉에서 도망치듯, 그리고 자고 있는 멜리아의 모습이 되도록 자신의 눈에 들어오지 않게 주의하면서 침대를 빠져나와 아침 식사를 준비했다.

잠시 후에 눈을 뜬 멜리아와 함께 아침 식사를 들고 학교 갈 준비를 마친 뒤, 둘은 평소처럼 학교로 향했다.

페이는 무거운 발걸음으로 실기실로 향했다.

그 이유는 당연히 어제 있었던 일 때문에 다른 학생들 얼굴을 보기가 부담스러웠기 때문이다.

실기실이 가까워지자, 그곳에서 이런저런 소리가 들려왔다.

"하아……."

"저어, 페이 님, 괜찮으세요?"

"응, 괜찮아……."

그런 말을 들어도 멜리아는 걱정스럽게 페이의 안색을 살피지만, 페이는 그 시선에 아랑곳하지 않고 문을 열었다.

"오, 왔군!"

"늦었잖아! 덕분에 내가 이딴 녀석이랑 단둘이서 연습해야만
했잖아!"

"미, 미안해."

페이는 여느 때처럼 자신을 대하는 둘의 모습에 어안이 벙벙했
지만 일단 사과했다.

"야! 이딴 녀석이 뭐야, 이딴 녀석이!"

"흥!"

"————나 원. 얼른 다음 거 시작이나 하자!"

"으, 응."

페이는 눈을 휘둥그레 뜨면서도 멜리아와 함께 연습을 시작했
다.

그리하여 실내에 마력이 충만해지기 시작했다.

연습이 끝난 후, 평소처럼 게이슨이 바닥에 대자로 누운 채 온
몸으로 공기를 빨아들였다.

아이리스는 양손을 허리에 댄 채 그런 게이슨을 내려다보며 말
했다.

"너도 일단은 온몸으로 마력을 두를 수 있게 되긴 했지만, 마력
순도가 낮은 건 어떻게 좀 못하겠니?"

"난 질보단 양으로 승부하는 타입이라고!"

"애초에 승부할 수 있는 게 그것뿐이겠지!"

"그렇다고도 볼 수 있지."

"아니, 그렇다고밖에 볼 수가 없는데…….."

페이는 어느샌가 이런 광경을 흐뭇한 기분으로 보게 되었다.

이 관계를 소중하게 여기기 시작했다.

하지만 그 때문에 이 관계를 잃을지도 모른다는 두려움도 동시에 느끼게 되었다.

"게이슨…….."

"응? 왜 그래, 페이."

"어제 있었던 일, 안 물어봐?"

게이슨은 페이의 말에 상체를 일으켜 세우고는 진지한 표정을 지었다.

그러고는 평소보다 무거운 어조로 말했다.

"왜? 물어봤으면 좋겠냐?"

"아니…….."

"그럼 딱히 말 안 꺼내도 상관없지 않겠냐."

"어?"

"관심이 없다고 말하진 못하겠지만, 어제 대화를 듣고 보니까 어떤 사정인지 대충은 알겠더라고. 그리고 남이 비밀로 하고 싶은 걸 괜히 물어봤다가 거짓말을 듣는 것보단 그냥 비밀로 해 두는 게 몇십 배는 더 나으니까 말이야."

"게이슨…….."

"이야, 웬일로 네가 멋진 소리를 다 하네!"

게이슨의 말에 아이리스도 감탄했는지 웬일로 칭찬을 했다.

"뭐야, 몰랐냐? 나 사실 알고 보면 무진장 멋진 녀석이라고!"

게이슨은 엄지를 척 치켜세우더니 이를 드러내며 씨익 웃었다.

"페이 군, 이만 가지 않을래?"

"그래, 그러자. 멜리아, 같이 갈래?"

"네……."

그걸 네 입으로 말하면 어떡하냐. 모두가 그렇게 생각했다.

【인챈트 보디】 실기 시험이 5일 앞으로 다가온 것과는 별개로, 8일 후에는 필기 시험도 예정되어 있었다.

입학한 지 한 달도 채 되지 않은 시기에 시험을 치는 건 너무 이른 것 아니냐는 목소리도 나왔지만, 이건 교장선생님의 강력한 희망 사항으로 실시되는 것이라고 한다.

아무래도 입학 시험을 벼락치기로 합격한 사람도 있기 때문에, 이 시기에 시험을 치름으로써 미처 익히지 못한 부분을 짚고 넘어가라는 의도인 듯했다.

그런 이유로 게이슨은 아까부터 진지한 자세로 수업에 임했다.

심지어 【인챈트 보디】를 눈에 집중시켜 신체 강화로 눈이 감기지 않도록 노력할 정도였다.

다만 마력 조절을 실수하는 바람에 팔에도 효과가 부여되고 말았다.

그 탓에 강화된 팔이 필기구를 으스러뜨리는 경우도 발생했다.

어쨌거나 게이슨은 아론의 보충 수업을 피하고자 애를 썼지만.

"쿠~울."

금방 쓰러지고 말았다.

그 모습을 본 아론은 관자놀이에 핏대를 세운 채, 보충 수업 용지를 만들지 말지를 고민하는 모습이었다.

오전 마지막 수업이 끝나자, 교탁에 있던 아론이 가볍게 기지개를 켜던 페이 쪽으로 다가왔다.

"페이, 점심 다 먹거든 학생회실로 오라고 하더군."

"어, 학생회실이요?"

"그래. 꼭 가도록!"

"알겠습니다."

"그리고……."

아론은 아직도 졸고 있는 게이슨을 쳐다보며 이렇게 덧붙였다.

"미안하지만, 네가 한가할 때라도 좋으니까 게이슨 공부하는 거 좀 도와주지 않겠냐?"

"제가요?"

"그래, 원래라면 학생인 네가 아니라 내가 해야 하는 일이지만, 그러면 보충 수업이랑 별반 다를 게 없잖냐. 그럼 차라리 친구한테 배우는 게 낫지 않을까 싶더군. 마술사에게 공부는 대단히 중요한 일이니 게을리하지 말았으면 싶거든. 부탁 좀 해도 될까?"

"뭐어, 제가 할 수 있는 범위 내에서라면……."

"그래? 그럼 부탁하마!"

아론은 콧노래를 부르며 교실 밖으로 나갔다. 페이는 그걸 보면서 그가 학생들을 진정으로 생각하고 있다는 느낌을 받았다.

그나저나 게이슨은 과연 언제쯤 일어날까?

제20화 학생회

페이는 점심을 먹고 나서 학생회실로 갔다.

이미 페이를 제외한 모든 인원이 모여 있었던 모양이라, 입실하자마자 레일라가 입을 열었다.

"다들 모였군요."

학생회실에는 페이를 포함해 학생회 보좌회 멤버 6명과 레일라, 세실리아, 그리고 학생회 멤버 4명이 있었다.

이때 페이는 브람이 자신을 쳐다보고 있음을 알아차리고 그쪽으로 시선을 돌렸지만, 정작 브람은 페이의 시선을 피했다. 그러다가도 페이가 시선을 돌리면 브람은 다시 페이를 노려보았다.

페이는 형용하기 힘든 거북함을 느꼈다. 그러던 와중에 자신을 쳐다보는 또 하나의 시선을 느꼈다.

그쪽으로 고개를 돌리니, 유니스가 페이를 쳐다보고 있었다.

유니스는 페이가 자신을 쳐다보고 있음을 알아차리고는 고양이처럼 고개를 갸웃거리는 동작을 취해 보였다. 그 몸짓이 꼭 아기 고양이 같아서 귀엽다는 느낌이 들었다.

"자, 그럼 왼쪽부터 자기소개해 주세요."

레일라가 보좌회 멤버들 앞에 나란히 선 네 사람에게 말했다.

"난 아드니스 오웰, 4학년이지. 그리고 여기 이 쪼끄만 녀석은 베일 오거스. 이 녀석은 3학년이고."

"잠깐만요, 선배. 제가 할 말까지 선배가 다 해 버리면 어떡해요! 그리고 쪼끄맣다고 하지 마세요!"

아드니스의 검은 머리는 정돈되지 않아 부스스했지만, 이를 드러내며 씨익 웃는 모습이 멋있게 느껴졌다.

그리고 그 오른편에 있는 베일은 아드니스가 자신의 머리를 마구 헝클어뜨리자 못마땅한 표정을 짓고 있었다.

그는 동안이라 앳된 느낌이 났다.

남자이긴 했지만, 그 모습과 언동이 맞물리는 바람에 무척이나 귀엽다는 인상을 받았다.

"저는 아넬리 롤트라고 해요~. 그리고 3학년이고요~."

아넬리는 하늘색 머리를 길게 늘어뜨린 여학생으로, 그 외모에서 가장 인상적인 건 풍만한 가슴이라 할 수 있었다.

"뭘 빤히 보는 거야!"

"으아──악!"

그라엠이 목을 길게 빼놓고 그 가슴을 빤히 보자, 세리아가 그라엠의 발을 콱 밟았다. 그라엠은 비명을 질렀다.

"난 그렌 머슨. 5학년이지."

그렌 머슨. 칠대 공작가 머슨 가문의 외동아들이었다.

검은 머리는 7 대 3 가르마로 말끔히 정돈했고, 뿔테 안경을 쓰고 있었다.

성실해 보이는 그 모습만큼이나 성격 또한 지극히 성실했다.

"그럼, 여러분도 자기소개해 주세요."

보좌회 멤버도 마찬가지로 자기소개를 시작했다.

브람, 에리스, 유니스가 자기소개를 하는 동안에는 환영하는 분위기가 느껴졌지만, 페이를 비롯한 마술사 멤버들이 자기소개를 하는 동안에는 그 분위기가 싹 바뀌었다.

다만 아넬리만큼은 누가 자기소개를 하든 변함없이 태평한 모습이었지만 말이다.

"그런 식으로 얕보다간 큰코다칠 겁니다."

레일라가 그런 분위기를 감지하고는 그렇게 말했다.

"그게 무슨 말씀입니까, 회장님."

그렌이 정중한 말투로 물었다.

"실은 어제 브람 군과 페이 군이 결투를 벌였는데, 페이 군이 압승을 거두었거든요."

"""네——엣?!"""

어제 있었던 그 일을 모르는 학생회 멤버와 브람이 동시에 비슷한 소리를 내질렀다.

그리고 선배들의 시선을 받은 브람은 굴욕감에 인상을 찌푸리며 고개를 숙였다.

"이야, 굉장하네요~."

다만 아넬리만큼은 여전히 태평한 모습이었다.

"너, 정체가 뭐야?"

아드니스가 페이를 물색하듯 쳐다보았다.

"뭐, 교장선생님한테도 허가는 받았으니 얘기해도 괜찮겠죠.

다만 제가 지금부터 하는 말은 절대 외부에 누설해서는 안 됩니다."

레일라는 살짝 한숨을 쉬며 모두에게 동의를 구했다.

그리고 모두가 동의한 것을 확인하고는 다시 말을 이어 나갔다.

"그의 원래 성씨는 보넷…… 그러니까 페이 보넷입니다."

마치 찬물을 끼얹은 듯 실내가 한순간 조용해지더니, 뒤이어 경악 섞인 목소리가 울려 퍼졌다.

"그, 그게 무슨 소리야!"

"죽은 거 아니었어?"

아드니스와 베일이 입을 모아 소리를 질렀다.

"더 파고들면 칠대 공작가와 얽히게 되니 이 이상 자세히 말씀 드릴 수는 없어요. 다만, 그가 마술사라고 해서 함부로 얕보면, 위험하답니다?"

"아, 알겠습니다…….'

레일라가 장난기 어린 미소를 지으며 그렇게 말하니 모든 이들 은 그렇게 답할 수밖에 없었다.

페이는 동요하는 그들을 곁눈질하다가 문득 이런 생각이 들었다.

비밀은 이런 식으로 더 이상 비밀이 아니게 되는 법이로구나, 하고.

인사가 끝나고, 자세한 얘기는 다음에 하자는 레일라의 말에 모든 이들이 방을 나섰다.

브람도 페이를 노려보다가 나갔고, 그 뒤를 이어 페이가 나가려고 했을 때였다. 밖에서 제시카가 들어왔다.

"페이 디르크 군, 당신에게 할 얘기가 있으니 잠시 따라오세요."

제시카는 그렇게 말하며 페이에게 봉투 하나를 보여 주었다.

그 봉투에는 아르만드 국왕의 칙명이 동봉되어 있음을 나타내는 국왕의 서명이 새겨져 있었다.

제21화 두 통의 칙명

"설명해라, 브람."

보넷 가문 당주의 서재에는 알렉스 보넷, 아디 보넷, 세실리아 보넷, 에리스 보넷, 브람 보넷, 이렇게 다섯 명에 더해 분가의 수장인 아르만 보스웰까지 총 6명이 모여 있었다.

"페이가 마술사 멤버로 학생회 보좌회에 들어간다는 말을 듣고 더 이상 참을 수 없어서, 어제 결투를 신청했다가…… 졌습니다."

"마술사에게 지다니, 혹시 페이 그 녀석이 무슨 비겁한 술수라도 쓴 거 아니니?!"

어머니 아디가 믿기지 않는다는 듯 언성을 높였다.

"페이 오라버니는, 정정당당하게 결투에 임했어요……!"

에리스가 그렇게 반론했다……. 하지만.

"에리스! 페이는 이미 죽은 사람…… 남이다! 다시는 오라버니라 부르지 말거라!!"

"──윽."

아버지 알렉스의 호통에 에리스는 어깨를 떨며 고개를 숙였다.

"브람, 넌 온 힘을 다해 싸웠느냐?"

"아뇨, 온 힘을 다하지는 않았어요. 적당히 봐주면서 싸웠는데, 그만 중간에 방심하는 바람에 진 게 아닐까 싶어요……."

브람의 변명에 세실리아와 에리스가 브람을 심드렁한 표정으로 쳐다보았다.

"사실대로 말해라."

"거짓말이 아닙니다!"

"그런데, 브람, 요전번에 줬던 아르나 광석은 어쨌지?"

"그, 그건…… 마법을 연구하는 데 사용했습니다."

"에리스……. 그때 무슨 일이 있었는지 말해라."

"아, 그게…… 브람 오라버니는 아버님의 마법이 보존된 아르나 광석과 정령 마법을 사용했지만, 페이 오…… 페이에게 모두 상쇄 당했고, 결국 브람 오라버니가 지고 말았어요."

에리스가 말을 마치자 알렉스는 세실리아를 쳐다보았고, 세실리아는 그 말이 사실이라는 뜻을 담아 고개를 끄덕였다.

"브람, 왜 거짓말을 한 거니?"

아디가 달래듯 말했다.

"귀중한 아르나 광석을 썼다는 사실을 말하기 싫어서……."

브람은 거북하다는 듯 고개를 돌렸다.

"브람 님의 정령 마법조차 상쇄할 줄이야……."

아르만은 놀라워하며 생각에 잠긴 듯한 몸짓을 취했다.

"알렉스 님, 지금은 페이와 화해하는 걸 고려해 보심이 어떨는지요?"

"후후후후…… 하하하하하……."

아르만의 제안을 들은 알렉스가 갑자기 웃음을 터뜨렸다.

"왜 그래, 여보?"

"너희는, 내가 페이 따위에게, 마술사 따위에게 지는 게 아닐까 걱정하고 있는 건가?"

"아, 아뇨, 그렇지는……."

정곡을 찔렸는지 아르만은 허둥지둥 부정했다.

"그건 부질없는 걱정이다. 아르나 광석에 담긴 마법은 내가 온 힘을 다해서 만든 게 아니니까. 그리고 나에겐 아직 정령 마법이 있다."

그 말을 듣고 세실리아와 에리스를 제외한 나머지 사람들은 희망을 본 것처럼 고개를 들어 올렸다.

"어차피 페이는 한 번 죽은 놈이자 버러지나 마찬가지다. 그딴 버러지에게 우리 보넷 가문이 굴복할 수는 없다!"

"여보……. 그래, 그 말이 맞아! 브람, 넌 나중에 단단히 혼날 줄 알아!"

"네, 네에……."

브람은 아디의 말을 듣고 낯빛이 굳어졌지만, 그런 그를 동정하는 사람은 아무도 없었다.

갑자기 문을 두드리는 소리가 났다.

"들어와!"

"시, 실례하겠습니다!"

집사가 허둥지둥 안으로 들어왔다.

그 모습을 보고 예삿일이 아님을 감지한 브람 일가는 진지한 표정으로 집사를 보았다.

"무슨 일이지?"

"국왕 폐하께서 칙명을……"

"뭐?!"

집사가 가지고 들어온 건 한 통의 봉투였다.

거기에는 분명 아르만드 왕국 국왕의 서명이 새겨져 있었다.

"읽어 봐라!"

"넵!"

집사는 알렉스의 명령을 받고 봉투에서 칙명서를 꺼내 읽기 시작했다.

칙명

아르만드 왕국 국왕 알프레드 아르만드의 이름으로 칠대 공작가 중 하나인 보넷 공작가에 명하노라.

이하에 해당하는 자는 열흘 후 정오에 아르만드 왕국 왕성으로 등성하라.

알렉스 보넷

아디 보넷

세실리아 보넷

에리스 보넷

브람 보넷

아르만 보스웰

또한, 영내 재정 관리 장부 및 보넷 가문 인감을 지참하라.

아르만드 왕국 국왕 알프레드 아르만드.

"이게 무슨 소리냐!"

등성과 영내 재정 관리 장부는 그렇다 쳐도, 보넷 가문의 인감을 가지고 오라는 말은 영지 및 재산과 관련해서 변동 사항이 발생했다는 뜻이다.

"하필 이런 때에, 설마 페이인가!!"

그때 자기 손으로 직접 죽일 걸 그랬다고, 알렉스는 그런 후회감이 들었다.

하지만 후회해 봤자 이미 늦었다.

"이걸, 저에게요?"

"네."

교장으로부터 건네받은 봉투에는 칙명서가 들어 있었다.

페이는 그것을 개봉하고 봉투 안에서 칙명서를 꺼냈다.

칙명

아르만드 왕국 국왕 알프레드 아르만드의 이름으로 페이 보넷에게 명하노라.

그대는 열흘 후 정오에 아르만드 왕국 왕성으로 등성하라.

아르만드 왕국 국왕 알프레드 아르만드.

"드디어, 올 것이 왔군."

칙명서를 다 읽은 페이는 자기도 모르게 그렇게 중얼거렸다.

무의식적으로 살기를 내뿜는 페이의 모습에 제시카는 어깨를 움찔 떨었다.

페이는 그저 싸늘한 눈빛으로 칙명서를 바라볼 뿐이었다.

특별 단편 지난날의 기억

멜리아와 페이의 첫 만남은 갑작스럽게 이루어졌다.

멜리아는 평소대로 광대한 보넷 가문의 저택 부지 한쪽 구석에서 홀로 마법 연습에 몰두하는 중이었다.

같은 저택에 사는 보넷 가문 분가의 또래 아이들은 다들 초급 마법을 손쉽게 행사할 수 있었다.

하지만 멜리아 혼자만 아직도 최하급 마법을 행사하는 게 고작이었다.

그런 이유도 있어서 멜리아는 고립되어 있었다.

"으응……."

멜리아는 오른손에 마력을 모았다.

하지만 분발하는 멜리아의 바람과는 달리 회색 안개는 오른손의 극히 일부, 엄지밖에 밝히지 못했다.

멜리아는 그 상태에서 영창했다.

"파…… 【파이어 볼】!"

그것은 불의 초급 마법 【파이어 볼】이었다.

오늘이야말로 성공하겠다며 분발한 멜리아는 다른 사람이 행사하는 마법을 관찰했고, 마력 짜임새도 다른 사람이 하던 걸 그대로 흉내 냈다.

하지만 눈앞에 나타난 건 무정하게도 직경 1센티미터 정도 크기밖에 되지 않는 불이었다.

그건 불의 초급 마법 【파이어 볼】로 보기 어려웠다.

"또, 또 실패했어……."

멜리아는 꺼져 가는 불의 잔재를 보고는 무척 낙담한 표정을 지으며 바닥에 무릎을 꿇었다.

그러고는 그대로 바닥에 주저앉아 힘껏 움켜쥔 주먹을 무릎 위에 놓았다.

땅바닥에서 자라난 풀과 꽃이 바람에 흔들리며 사르륵하는 소리를 냈다.

불현듯 바람이 그치며 풀과 꽃에서 나는 소리가 잦아들었다.

그 대신에 자그마한 오열 소리가 주변에 울렸다.

멜리아가 움켜쥔 주먹에 눈물이 뚝뚝 떨어졌다.

"어째서, 어째서……."

실패할 때마다 몇 번이고 흘렸던 눈물이 오늘도 변함없이 멜리아의 뺨을 타고 흘러 떨어졌다.

하지만 그럴 때마다 멜리아는 소매로 그 눈물을 닦았다.

"하, 한 번 더……!"

아직 눈가에 눈물이 남아 있었지만 멜리아는 아랑곳하지 않고 다시금 두 다리로 일어서서 마력을 모으기 시작했다.

"【파이어 볼】!"

하지만 결과는 아까와 별반 다르지 않았다.

자그마한 불은 곧바로 대기 중으로 흩어졌다.

이번에는 아까처럼 낙담하지 않고서 다시금 마법을 행사하고자 했다.

하지만 갑작스러운 제삼자의 난입에 중단되고 말았다.

"야, 설마 지금 그걸 【파이어 볼】이라고 쓴 거냐?"

"앗……."

멜리아는 그렇게 말한 사람의 얼굴을 본 순간 몸을 움찔 떨었다.

"브람 님, 지금 이 자리에서 진짜 【파이어 볼】이 어떤 건지 똑똑히 보여 주시는 게 어떨까요?"

"그래, 좋은 생각이야. 그런데 이만큼 했는데도 성장을 못 하니까, 몸에다 직접 【파이어 볼】을 때려 넣어 보는 건 어떨까? 맞다 보면 혹시나 요령이라도 터득할 수 있을지 모르지. 그리고 우리도 마법을 연습할 수 있고. 이거 일석이조인데?"

추종자의 말에, 가학적인 미소를 지으며 그런 소리를 입에 담은 사람은 보넷 가문의 직계 차남 브람 보넷이었다.

그에게는 누나와 여동생, 그리고 신동이라 불리며 보넷 가문 차기 당주 후보로 가장 유력한 사람인 형 페이 보넷이 있다.

브람이 자기 가족들에게 보이는 얼굴과 지금 보이는 얼굴은, 도저히 같은 사람이라고는 믿기 힘들 만큼 딴판이었다.

그만큼 지금 그가 짓고 있는 표정은 멜리아의 입장에서 보자면 흉측하기 그지없었다.

멜리아는 한 걸음 뒤로 물러났다.

몸이 떨렸다. 앞으로 자신이 당할 일과 그에 대한 두려움이 멜리아의 온몸을 에워쌌다.

"고마워해야지? 덜떨어진 네가 보넷 가문 직계인 내 마법을 직접 경험할 수 있는 좋은 기회니까 말이야."

브람이 이제는 하나의 레퍼토리가 된 서두를 읊는 동시에 그의 오른손에 마력이 깃들었다.

"똑똑히 잘 봐 둬. 이게 바로 진짜 【파이어 볼】이라고!"

거대한 불덩어리가 내쏘아졌다.

그것은 곧장 멜리아의 배를 직격했다…….

"아으…… 읏……!"

옷은 불에 그슬렸고, 몸은 군데군데 화상을 입었다.

브람과 그 추종자들이 내쏜 【파이어 볼】을 아무 저항도 없이 계속해서 받은 멜리아는 그런 처참한 상태에 놓여 있었다.

바닥에 쓰러진 멜리아는 가느다란 신음 소리를 내면서 브람을 쳐다보았다.

오늘은 무슨 안 좋은 일이라도 있었던 걸까.

멜리아의 가슴속에서 그런 의문이 솟아 나왔다.

여느 때 같았다면 이제 슬슬 끝날 무렵이었다.

하지만 브람은 여기서 끝낼 마음이 추호도 없는 모양인지 다시금 마력을 방출했다.

처음에는 한 줌밖에 안 되는 마력으로 미력하게나마 마법을 전개하여 피해를 줄였지만, 그 마력도 이미 바닥난 지 오래였다.

이제 할 수 있는 거라곤 아픔을 견디는 것 정도밖에 없었다.

그리 결심하고서…… 아니, 체념하고서, 멜리아는 이어질 아픔을 견디고자 조용히 눈을 감았다.

그때였다. 새로운 목소리가 울려 퍼졌다.

"브람, 거기서 뭐 해?"

"페이, 형……."

브람은 당혹스러워하면서 방출하고 있던 마력을 없앴다.

그 주위에 있던 추종자들 또한 당황한 기색이었다.

멜리아는 이변을 알아차리고는 조용히 눈을 떴다.

그리고 그와 동시에 두려움에 떨며 체념했다.

"페이…… 님……."

멜리아의 입에서 흘러나온 그 중얼거림은 몹시 떨리고 있었다.

멜리아는 보넷 가문의 장남인 페이 보넷과는 말을 주고받은 적도 직접 마주한 적도 없었다.

늘 멀리서 바라보기만 했을 뿐이었다.

하지만 차남인 브람이 자신에게 했던 짓들을 생각하면, 장남인 페이도 같은 짓을 저지르는 게 아닐까 싶어 멜리아는 두려움에 떨었다.

하지만 그 예상과는 달리 페이는 상처투성이인 멜리아를 보더니 안색이 변했다.

"너, 괜찮아?!"

"어……?"

페이의 그 물음에 멜리아는 깜짝 놀랐다.

페이는 당혹스러워하는 멜리아에게 달려가 그녀의 화상 자국을 살폈다. 그러고는 멜리아의 얼굴을 바라보면서 걱정스러운 기색으로 말했다.

"상처가 심해. 지금 당장 치료를 받아야 할 것 같아. 설 수 있겠니?"

멜리아는 전혀 생각지도 못했던 일에 당황하여 아무런 대답도 할 수 없었다. 페이는 부드럽게 미소 지으며 멜리아를 바라보고는, 브람과 그 추종자들에게 말했다.

"브람, 이게 대체 어떻게 된 일이지?"

"페이 형……. 이건, 여, 연습을…… 그래, 마법을 연습하고 있었어!"

"온몸이 만신창이가 될 때까지?"

"그, 그건……."

페이는 말끝을 흐리는 브람에게 한숨을 쉬더니 진지한 눈빛으로 살짝 분노를 담아 말했다.

"잘 들어. 앞으로 애한테 두 번 다시 이런 짓 하지 마. 알았어?"

"아, 알았어……."

신동이라 불리는 형이 그렇게 말하니 브람은 얌전히 받아들일 수밖에 없었다.

브람과 그 추종자들이 물러간 것을 확인한 페이는 다시 멜리아를 쳐다보았다.

"너, 이름이 뭐니?"

"어, 저기…… 멜리아예요. 멜리아 파미스."

"그래? 멜리아……란 말이지. 미안해, 멜리아. 내 동생이 너에게 심한 짓을 했구나……."

"아, 아뇨……."

신분은 물론 모든 게 자기보다 높은 페이가 고개를 숙이니 멜리아는 몸 둘 바를 몰랐다.

"앗……! 페, 페이 님……?"

갑자기 페이가 멜리아를 향해 등을 내밀며 몸을 숙였다.

그 의미를 이해 못 한 멜리아가 페이의 이름을 중얼거렸다.

그 말을 들은 페이는 미안하다는 듯 말했다.

"아, 미안해. 지금 당장 치료할 수 있으면 좋겠지만, 실은 난 아직 회복 마법을 못 쓰거든. 그러니까 치료할 수 있는 사람이 있는 데까지 업어다 줄게."

"아, 저기, 신경 써 주셔서 감사합니다. 하지만 페이 님께 업힐 수는……."

"화상을 심하게 입은 여자애를 가만히 놔두는 게 더 찜찜하거든. 그리고 이건 내 동생이 저지른 짓에 대한 속죄이기도 하고."

"하, 하지만……."

그럼에도 멜리아가 망설이자, 페이는 살짝 한숨을 쉬고는 부드러운 미소를 지으며 멜리아의 머리를 쓰다듬어 주었다.

"페, 페이 님……?!"

멜리아는 뒤집힌 목소리를 내더니 뺨을 붉게 물들이면서 자신의 머리를 쓰다듬어 주는 페이를 바라보았다.

"멜리아, 넌 다른 사람에게 의지하는 법도 좀 배워. 난 너랑 대화하는 건 오늘이 처음이라서 네가 지금까지 어떤 삶을 살아왔는지는 모르겠어. 하지만 하다못해 곤란할 때만큼은 남에게 기대도 돼."

멜리아는 페이의 그 말을 듣고 고개를 숙였다.

그러고는 그대로 고개를 끄덕였다.

페이는 멜리아의 그 모습을 보고는 만족스러운 미소를 머금으며 다시금 멜리아에게 자신의 등을 내밀었다.

멜리아는 자그마한 목소리로 "실례하겠습니다." 하고 중얼거리듯 말하고는 페이의 어깨에 손을 올리고 그 등에 자신의 몸을 맡겼다.

페이는 자신의 등에 살짝 무게가 더해지는 걸 느끼고는 천천히 자리에서 일어나 조용히 발걸음을 옮기기 시작했다.

"……."

페이는 아무 말 없이 앞을 바라보았다.

아까부터 자신의 등에 뚝뚝 떨어지고 있는 눈물도, 소녀의 가냘픈 오열도, 페이는 모른 척 아무 말 없이 걸음을 옮겼다.

"멜리아, 넌 초급 마법을 못 쓴다면서?"

다음 날, 페이는 어제와 마찬가지로 혼자서 마법을 연습 중인 멜리아를 발견하고는 말을 걸었다.

멜리아는 누가 자신에게 말을 걸자 순간적으로 어깨를 움찔 떨었지만, 그 목소리의 주인이 페이임을 확인함과 동시에 어깨에서 힘을 풀었다.

"네…… . 다른 사람은 다 쓰는데, 저만 못 써서, 그래서…… ."

"그랬구나…… ."

멜리아가 서글픈 듯 고개를 푹 숙인 채 그렇게 말했다.

페이는 멜리아가 고립된 이유를 이해했는지 눈을 가늘게 뜨며 나직이 말했다.

"그럼, 멜리아."

"네?"

"내가 너에게 마법을 가르쳐 줄게."

"앗, 페이 님께서, 저에게…… 말씀인가요?"

"응. 내가 말하기도 좀 그렇긴 하지만, 난 마법을 다루는 방법 이나 마력 제어만큼은 나름대로 자신 있거든. 지금 보니 넌 혼자 서 마법을 연습하고 있는 것 같던데, 괜찮다면 나도 도와줄까 싶 어서."

"아, 아뇨, 페이 님께 폐를 끼치게 될 거예요. 그리고 그…… ."

자신이 실패하는 모습을 몇 번이고 보면 페이가 실망하지 않을 까. 그런 걱정이 들었던 멜리아였기에 그 제안을 순순히 받아들 이지 못했다.

페이는 멜리아의 표정을 통해 그녀가 속으로 그런 갈등을 겪고 있는 걸 알아차렸는지 자그맣게 한숨을 쉬고는 살짝 분노를 머금 은 목소리로 말했다.

"있잖아, 멜리아. 설마 네가 초급 마법을 못 쓴다고 해서 내가 너에게 실망할 거라 생각하는 거니? 만약 그렇게 생각한다면 그건 네가 단단히 착각한 거야. 내가 지금 너에게 느끼는 감정은 실망 같은 게 아니야. 애당초 난 다른 사람에게 실망감을 느끼거나 모욕을 줄 정도로 잘난 사람도 아니고. 네가 얼마나 마법을 열심히 공부하고 있는지는 그 낡은 책만 봐도 알겠는걸."

페이는 근처의 목제 벤치에 놓여 있는 낡은 마법서를 보면서 말을 이어 나갔다.

"순전히 얼마나 지식을 습득했는지만 놓고 본다면 네가 브람보다 더 많은 지식을 습득했을 거야. 그런 너에게 내가 왜 실망을 하겠니."

"~~~으으."

좀처럼 칭찬이란 걸 받아본 적 없었던 멜리아였기에, 페이의 그 말에 쑥스러워하는 것도 당연하다면 당연했다.

얼굴을 새빨갛게 물들이고서 부끄러워하는 멜리아에게 페이는 조용한 목소리로 한 번 더 물었다.

"멜리아, 넌 어떻게 하고 싶어?"

"마법을…… 페이 님께 마법을 배우고 싶어요."

페이는 멜리아가 작은 목소리로 한 말을 듣고는 쾌활하게 미소를 머금었다.

"좋았어, 그럼 해 보자!"

"네!"

멜리아는 힘차게 고개를 끄덕이고는 자신을 향해 내민 페이의 오른손을 잡았다.

"으~음, 그럼, 일단 너의 【파이어 볼】을 보여 줄래?"

"아, 네……."

멜리아는 불완전한 자신의 마법을 보이려니 한순간 부끄러운 생각이 들었지만, 페이가 아까 했던 말을 떠올리고는 그런 생각을 떨쳐 버렸다.

그 대신 표정을 다잡고 평소처럼 마력을 오른손에 모으기 시작했다.

뭐가 문제일까.

멜리아가 가진 마력은 그렇게 많다고는 할 수 없었지만, 그렇다고 오른손 엄지밖에 못 밝힐 만큼 적은 것은 아니었다.

하지만 아무리 마력을 집중시키는 상상을 해 보아도 결과는 매한가지였다.

이 부분이 좀 더 개선된다면 제대로 된 【파이어 볼】을 행사할 수 있을 텐데……. 멜리아는 난감한 기색이었다.

"【파이어 볼】!"

명창과 함께 마력이 멜리아의 손끝에서 나오며 서서히 형태를 이루어 나갔다.

……하지만 역시나 작은 불이 잠시 타올랐을 뿐, 곧바로 흩어져 사라졌다.

이래서는 불의 최하급 마법 【파이어】와 별반 다를 바가 없었다.

하아……. 한숨을 쉬자, 멜리아는 가만히 페이를 흘끗 보았다.

"……."

팔짱을 낀 채 눈을 감고 생각에 잠긴 페이를 본 멜리아는 아무

말 없이 가만히 기다리기로 했다.

잠시 후, 페이는 눈을 뜸과 동시에 자신을 쳐다보는 멜리아를 향해 천천히 입을 열었다.

"음, 몸에서 방출한 마력을 다루는 방법에는 문제가 없는 것 같아. 그렇다면, 역시나 방출된 마력의 양과 그 순도에 문제가 있지 않을까 싶어. 몸 안의 마력의 움직임을 완전히 상상하지 못하고 있는 것 같은데."

"그, 그럼 어쩌면 좋죠……?"

본인 또한 어렴풋이 알아차리고 있던 걸 페이가 지적하자, 멜리아가 타개책을 물었다.

그 말을 들은 페이는 잠시 생각에 잠기더니 이렇게 말했다.

"네 마력 통로에다 내 마력을 한번 흘려보내 볼게."

"어……?!"

"멜리아, 사람은 자신의 마력과 다른 사람의 마력 중 어느 쪽에 더 민감할 것 같아?"

페이는 당혹스러워하는 멜리아에게 질문을 던졌다.

갑작스러운 질문에 한동안 고민하던 멜리아는 페이의 안색을 살피면서 자신 없다는 듯 머뭇머뭇 대답했다.

"어, 역시, 자신의 마력……일까요?"

"분명 많은 사람이 그렇게 대답하지. 자신의 마력을 가장 잘 알고 있는 건 바로 자신이라 생각하거든. 하지만 실제로는 그렇지 않아. 자신의 마력은 줄곧 자신의 몸 안에 있는 거니까, 그게 당연한 게 되고 거기에 익숙해지고 말거든. 자신의 마력에 별로 신경 쓰지 않다 보니 결과적으로 자신의 마력에 둔감해지는 거야."

"그건, 그러니까……."

페이의 말을 진지한 표정으로 귀담아듣던 멜리아가 무언가를 이해했다는 표정을 지었다.

"그래, 반대로 다른 사람의 마력에는 민감해지지. 자신의 입장에서 다른 사람의 마력은 그저 이물질에 불과하거든. 당연히 본능적으로 경계하게 돼."

"그럼, 페이 님의 마력을 저에게 흘려보내는 건……."

"그래, 내 마력을 너의 마력 통로에다 흘려보내면, 네 몸은 이물질인 내 마력을 경계하게 돼. 그렇게 내 마력을 느낌으로써 넌 너의 마력 통로를 알 수 있을 거야."

"그랬군요……."

페이가 무슨 의도로 자신의 마력을 흘려보낸다는 건지 설명을 듣고 이해했다.

"그, 그치만, 그게 가능한 일인가요?"

자신의 마력을 다른 사람의 마력 통로에다 흘려보낸다.

언뜻 들으면 지극히 간단하고 단순한 것처럼 들리지만, 실제로는 상당한 기술을 요한다.

멜리아가 걱정 섞인 투로 질문했지만 페이는 미소를 지으며 대답했다.

"괜찮아. 아까 말했잖아? 난 마력 제어만큼은 자신 있다고."

신동이라 칭송받는 그가 이렇게까지 얘기하니 멜리아로서는 뭐라 대꾸할 말이 없었다.

페이를 믿고 그 말에 따르기로 했다.

"자, 그럼 설명도 대강 끝났으니, 이제 시작해 볼까?"

"아, 네. 저기, 저는 뭘 해야……."

"어디 보자…… 그럼 두 손바닥을 내 쪽으로 뻗어 볼래?"

"아, 네……."

멜리아는 페이의 말에 따라, 손바닥이 페이에게 보이도록 두 팔을 자신의 몸 앞으로 내밀었다.

그러자 페이는 멜리아의 두 손바닥과 자신의 두 손바닥을 서로 맞댔다.

"아, 뭘 하시는……!"

갑자기 페이가 손바닥과 손바닥을 맞대자, 멜리아는 얼굴을 붉히며 당혹스러워했다.

둘의 거리도 제법 가까웠다.

그것이 멜리아의 부끄러움을 더욱 부채질했다.

"잘 들어. 지금부터 내 마력을 흘려보낼 테니까, 그 마력을 느껴 봐……."

하지만 페이는 그저 진지한 표정으로 그렇게 말할 뿐, 멜리아의 태도에는 일언반구도 없었다.

페이의 그런 태도가 멜리아의 부끄러움을 날려 버렸다.

멜리아는 곧바로 표정을 바꾸었다.

입을 닫고 눈을 감은 채 페이의 마력을 느끼는 일에만 온정신을 집중했다.

부끄러움 때문에 집중력이 떨어지는 것이야말로 페이에게 죄송한 일이었다.

페이는 멜리아가 정신을 집중하고 있음을 확인하고는 자신도 살며시 숨을 내쉬며 정신을 집중했다.

방금 말했다시피, 자신의 마력을 다른 사람의 마력 통로에 흘려보내는 데는 상당한 기술을 요한다.

당연히 집중하지 않으면 성공할 수 없다.

"……윽."

페이는 멜리아의 손바닥을 통해 그녀의 내부에 있는 마력의 움직임을 더듬어 가기 시작했다.

아무리 다른 사람의 마력에 민감하다 해도 몸 안에 있는 마력을 감지하기란 지극히 어려운 작업이었다.

하지만 페이는 자못 당연하다는 듯이 멜리아의 마력의 흐름을 감지하고는 곧바로 자신의 마력을 모으기 시작했다.

"간다……!"

페이의 말에 멜리아가 조용히 고개를 끄덕였다.

고개를 끄덕이는 걸 확인한 페이는 자신의 손바닥으로 마력을 방출하여 그것을 멜리아에게 흘려보냈다.

그러자, 눈을 감고 입을 닫은 채 집중하고 있던 멜리아의 몸에 변화가 나타나기 시작했다.

"읏…… 큭……."

입술 사이로 희미한 신음 소리가 새어 나왔고, 뺨이 붉게 달아올랐다.

그리고 그와 동시에 몸을 움찔거리기 시작했다.

뺨이 달아오른 건 페이의 마력이 몸 안에 들어옴으로써 발생한 일종의 반응이며, 신음 소리가 나오기 시작한 것도 그 영향 탓이었다.

움찔거리는 건 몸 안에 발생한 이물질에 대해 몸이 본능적인 거부 반응을 일으켰기 때문이다.

이런 상태가 10초 정도 이어졌다. 페이가 멜리아의 손바닥과 맞대고 있던 자신의 두 손바닥을 내리자, 멜리아의 몸 안으로 흘러들던 마력이 끊어졌다.

그와 동시에 멜리아도 감고 있던 눈을 떠 페이를 바라보았다.

뺨은 살짝 달아올랐고 호흡은 거칠었다. 그리고 그와 연동하듯 어깨가 위아래로 들썩였다.

페이는 그런 멜리아로부터 시선을 돌리며 말을 걸었다.

"멜리아, 아직 내 마력은 네 안에 있을 거야. 그 마력이 빠져나오기 전까지는 계속 집중해 줄래?"

"아, 네……!"

페이의 말에 멜리아는 반쯤 반사적으로 눈을 감고 다시 집중하기 시작했다.

하지만 한 번 흐트러진 정신을 다시 집중하기란 쉬운 일이 아니었다.

"죄, 죄송해요……."

"아니, 지금 그건 어쩔 수 없었어. 그나저나, 어땠어?"

"이, 이상한 느낌이 들었어요……. 마치 제 몸을 파헤치는 것 같은 그런 느낌이……."

"그래, 아마 그랬을 거야? 미안해. 많이 불쾌했지?"

"아, 아뇨! 페이 님이라면······."

"응······?"

얼굴이 빨갛게 달아오른 상태에서 자그마한 목소리로 중얼거린 그 말은 미처 페이에게까지 닿지 않았다.

멜리아의 뺨이 붉게 달아오른 건 페이가 몸 안에 마력을 흘려보냄으로써 발생한 영향과는 무관하리라.

"······아, 빠져나와 버렸네."

멜리아의 양손에서 흘러나오는 하얀 안개, 다시 말해 페이의 마력이 방출되어 사라지는 것을 보고 페이가 그렇게 말했다.

페이는 곧바로 멜리아에게서 살짝 거리를 두었다.

"자, 그럼. 멜리아, 아까 느꼈던 그 감각을 더듬어 가면서 【파이어 볼】을 행사해 볼래?"

"더듬어······ 간다고요?"

"그래. 방금 내 마력의 움직임을 느꼈지? 그 움직임을 따라가듯 자신의 마력을 흘려보내는 장면을 한번 상상해 봐."

"네······."

잠시 분위기가 풀어지는가 싶더니 다시 팽팽해졌다.

페이는 긴장한 기색이 역력한 멜리아의 표정을 보고는 상냥하게 말을 걸었다.

"너무 그렇게 긴장하지 않아도 돼. 한 번 만에 성공하는 건 힘들거든. 오히려 그걸 한 번 만에 성공할 정도면 이미 옛날 옛적에 무조건 성공했을 테고 말이야."

멜리아가 고개를 끄덕였다. 하지만 그 몸짓도 어딘가 뻣뻣해 보였다.

"괜찮아. 네가 성공할 때까지 난 몇 번이고 함께할 테니까. 그러니 아무 걱정 말고 실패한다는 생각으로 도전하면 돼."

"몇 번이고…… 알았어요!"

확 밝아진 멜리아의 모습에 페이는 멜리아가 눈치채지 못하도록 살며시 미소를 머금었다.

멜리아는 곧바로 오른손을 앞으로 내밀어 마력을 모으기 시작했다.

페이의 마력이 흘러들어 왔던 통로.

멜리아는 아까 느꼈던 그 통로를 떠올리면서 마력의 흐름이 오른손까지 흐르는 장면을 상상했다.

그러고는 자신이 상상한 통로에 마력을 흘려보냈다.

"──웃!"

오른손에서 마력이 방출되기 시작했다.

……하지만 역시나 엄지밖에 밝히지 못했다.

"실패……."

낙담한 멜리아는 그대로 마력을 없애려고 했다. 하지만 그 동작을 취하기 전에 페이가 반쯤 호통 치는 기색으로 멜리아에게 지시를 내렸다.

"아직이야! 그대로【파이어 볼】을 행사해 봐!"

"……아, 네!"

페이의 격려를 받은 멜리아는 없애려고 했던 마력을 모아 마법을 행사했다.

"【파이어 볼】!"

그렇게 【파이어 볼】을 행사함과 동시에 멜리아의 표정이 환희
로 물들었다.

행사된 【파이어 볼】은 역시 【파이어 볼】이라 부르기 민망한 수
준이었지만, 그래도 그 불덩어리는 아까보다 분명히 형태가 조금
더 커다랬다.

"페이 님!"

멜리아는 곧바로 만면에 미소를 지으며 페이의 반응을 살폈다.

그리고 페이는 멜리아가 기대했던 그대로의 반응을 보여 주었
다.

"음, 한 번 만에 위력이 이만큼 늘어났으니 조만간 제대로 된
【파이어 볼】을 행사할 수 있지 않을까!"

페이의 그 말에 멜리아는 몹시 기뻐한 기색이었다. 만약 꼬리
가 달려 있었으면 살랑살랑 흔드는 정도가 아니라 힘차게 붕붕
흔들지 않았을까 하는 착각이 들 정도로 말이다.

그런 멜리아의 모습을 흐뭇하게 바라보던 페이는 어째선지 가
족과 지낼 때보다도 더 마음이 더 홀가분해진 듯한, 그런 신기한
느낌이 들었다.

페이는 그 뒤에도 멜리아의 연습을 거들었다.

"하아……."

페이는 홀로 나직이 한숨을 쉬었다.

멜리아가 저번처럼 만신창이 상태로 바닥에 쓰러져 있는 모습이 눈앞에 펼쳐졌기 때문이다.

페이는 한숨을 내쉼과 동시에 쓰러져 있는 멜리아 쪽으로 달려가 자신의 등을 내밀었다.

멜리아는 별 망설임 없이 자신의 몸을 페이의 등에 맡겼다.

"매번 죄송해요……."

"괜찮아. 신경 쓰지 마."

매번.

브람과 그 추종자들이 멜리아에게 위해를 가하던 광경을 목격한 그날 이후로, 멜리아가 이런 상황에 처하게 되는 경우가 어째선지 빈번하게 발생했다.

아니, 이런 상황을 두고 마치 우연인 것처럼 '어째선지'라고 말하는 건 잘못된 표현일 것이다.

이제는 페이 쪽에서 멜리아를 찾게 되었다.

결국 페이가 했던 충고는 아무 의미도 없었다. 브람과 그 추종자들은 페이의 눈이 닿지 않는 곳에서 멜리아에게 위해를 가했다.

그리고 만신창이가 된 멜리아를 페이가 발견하여 회복 마법을 쓸 수 있는 술사가 있는 곳까지 업어서 데려갔다.

최근 며칠 동안 반복된 일이 이제는 일상화되었다.

페이는 여자애가 이렇게나 상처받은 모습을 더 이상 보고 싶지 않았다.

그렇기에 페이는 결심했다.

"멜리아, 오늘은 도서관에 가서 책이라도 읽지 않을래?"

페이가 멜리아에게 불쑥 그런 제안을 건넸다.

"아, 네…… . 페이 님께서 괜찮으시다면야…… ."

멜리아는 그 제안을 듣고 당황하긴 했지만, 딱히 거절할 이유도 없었을 뿐더러 오히려 달가운 제안이었기에 쾌히 승낙했다.

이날을 기점으로 페이는 필요 이상으로 멜리아 곁에 붙어 있기 시작했다.

어떤 때에는 함께 식사를 들었고, 또 어떤 때에는 같이 책을 읽었고, 또 어떤 때에는 함께 마법에 관한 소양을 높이는 등…… .

어쨌거나 멜리아 곁에 있기 위해 무슨 이유라도 만들었고, 딱히 일이 없을 때에는 멜리아 곁을 떠나지 않았다.

페이가 곁에 있으면 브람과 그 추종자들도 함부로 손대지 못한다.

페이의 예상대로 멜리아가 상처를 입는 횟수는 나날이 줄어 갔다.

이리하여 멜리아와 페이가 함께 있는 날은 별일 없이 평온하게 지나갔다.

멜리아가 제대로 된 【파이어 볼】을 행사하게 된 뒤에도 두 사람은 서로 교류를 다졌다.

페이가 보넷 가문 저택에서 모습을 감추는 그날까지——.

후기

처음 뵙겠습니다, 토츠 아키타라고 합니다.

이번에 『전율의 마술사와 다섯 제왕수』를 읽어 주셔서 진심으로 감사의 말씀드립니다.

제3회 엘리시온 노벨 콘테스트(나로콘)에서 수상하여 타카라지마샤를 통해 출판하게 된 본작입니다만, 이렇게 후기를 쓰는 지금도 아직 실감이 나질 않습니다.

발매일 당일에 근처 서점에서 하루 종일 죽치고 있을 제 모습이 지금도 생생히 떠오르네요(웃음).

자, 이리하여 본작을 출판하기에 이르렀습니다만, 저 스스로도 대단히 놀라고 있습니다.

수상이 결정되어 출판하기로 되었을 무렵에는 저는 이제 막 고등학교에 진학했던 참이었기에 새로운 생활을 바쁘게 보내던 중이었습니다만, 그런 와중에 수상이 결정되자 이게 진정 꿈인지 생시인지 제 눈을 의심하게 되었습니다. 솔직히 말해서 정말로 출판할 수 있을지 걱정 많이 했습니다.

본작은 제 인생 처음으로 쓴 소설이기에 그게 책으로 나온다는 얘기를 들었을 적에는 정말 이게 괜찮을까…… 걱정했었습니다. 실은 이렇게 후기를 쓰는 지금도 불안감이 제 가슴속을 가득 채우고 있습니다.

그런데도 이렇게 여기까지 올 수 있었던 건 담당 편집자님과 타카라지마샤 편집부 여러분, 그리고 본작의 출판에 관여해 주신 많은 분의 도움 덕분이라고 생각합니다.

특히나 담당 편집자님께는 여러모로 많은 폐를 끼쳤던 것 같습니다.

처녀작이라는 점도 있고 문체가 안정되지 않았기 때문에, 처음부터 다시 쓰게 해 달라고 부탁했을 적에도 승낙해 주셨고, 무엇보다도 제가 고등학생임을 고려했는지 스케줄을 널널하게 짜 주셨습니다. 담당 편집자님께 정말 많은 신세를 졌습니다.

그리고 본작의 일러스트를 담당해 주신 시라코미소 님께는 진심으로 고개 숙여 인사드립니다.

본작의 서적화가 결정되었을 무렵에 제 머릿속으로 이상적인 그림을 한번 상상해 보았는데, 시라코미소 님께서 그려 주신 그림은 제가 상상하던 딱 그대로의 그림이었습니다.

훌륭한 일러스트를 받을 때마다 틈만 나면 그것을 보며 히죽히죽 웃었습니다(웃음).

시라코미소 님, 이 작품의 일러스트를 그려 주셔서 진심으로 감사드립니다!

그리고 독자 여러분, 이 작품을 읽어 주셔서 진심으로 감사드립니다.

역시 본작은 여러분이 없었다면 서적화는커녕 연재조차 계속 되지 못했을 것입니다.

앞으로도 잘 부탁드리겠습니다.

마지막으로 다시 한 번, 언제나 본작을 읽어 주시는 분들, 서적을 읽어 주시는 분들, 나로콘 운영 및 관계자 여러분, 담당 편집자님, 타카라지마샤 여러분, 시라코미소 님, 디자이너님, 본작 출판에 관여하신 여러분, 진심으로 감사드립니다!

앞으로도 『전율의 마술사와 다섯 제왕수』를 잘 부탁드립니다.

그럼 다음 2권에서도 뵙기를 기대하고 있겠습니다.

전율의 마술사와 다섯 제왕수 1

2021년 11월 25일 제1판 인쇄
2021년 11월 30일 제1판 발행

지음 토츠 아키타
일러스트 시라코미소
옮김 ruleeZ

발행 영상출판미디어(주)
등록번호 제 2002-000003호
주소 21311 인천광역시 부평구 평천로 132 (청천동)
전화 032-505-2973(代) | FAX 032-505-2982

ISBN 979-11-380-0837-2
ISBN 979-11-380-0836-5 (세트)

Senritsu no Majutsushi to Goteiju by Akita Totsu
Copyright ⓒ 2015 by Akita Totsu
Original Japanese edition published by Takarajimasha, Inc.
Korean translation rights arranged with Takarajimasha, Inc.
Korean translation rights ⓒ 2015 by Youngsang Publishing Media, Inc.

구매 시 파손된 도서는 구매처에서 교환하실 수 있습니다.
기타 불편사항, 문의사항이 있으신 독자님께서는 노블엔진 홈페이지
[http://novelengine.com] 에서 Q&A 게시판을 이용해 주시기 바랍니다.

방패 용사 성공담

1~22

헤쳐 나가겠어…… 이런 세계에서라도!

특이하게 '방패' 용사로 소환된 이세계.
그리고 비열한 배신으로 모든 것을 잃어버린 주인공 나오후미.
인생의 밑바닥까지 떨어져 상처입고 뒤틀렸던 용사가
진정한 용사가 되어가는 성공담!

아네코 유사기 지음 / 미나미 세이라 일러스트

영상출판
미디어㈜

유미엘라 도르크네스, 백작가의 딸, 레벨 99,
히든 보스가 될 수도 있지만 마왕은 아닙니다(단호).

악역영애 레벨 99
~히든 보스는 맞지만 마왕은 아니에요~
1~3

RPG 스타일 여성향 게임에서 엔딩 후에 엄청 강하게
재등장하는 히든 보스, 악역영애 유미엘라로 전생했다?!
그것도 모자라 초반부터 레벨업에 몰두해 입학 시점에서 레벨 99를 찍고 말았다!!
평화로운 일상은 바이바이~ 사람들은 무서워하고, 주인공 일행들은
아예 부활한 마왕이라고 의심하는데……?!

아무튼 내가 최강이니 아무래도 좋은 마이 페이스 전생 스토리!

타나바타 사토리 지음 / Tea 일러스트

영상출판
미디어(주)